Zombies gegen Meteoriten
Wir lassen uns doch die Apokalypse nicht klauen!

Inspiriert von wahren Ereignissen

Edgar Achenbach

Zombies gegen Meteoriten
Wir lassen uns doch die Apokalypse nicht klauen!

Bibliografische Information der Deutschen Nationalbibliothek:
Die Deutsche Nationalbibliothek verzeichnet diese Publikation in
der Deutschen Nationalbibliografie; detaillierte bibliografische
Daten sind im Internet über http://dnb.dnb.de abrufbar.

Coverdesign: Edgar Achenbach

Herstellung und Verlag: BoD - Books on Demand, Norderstedt

ISBN: 978-3-7562-0870-8

Eine letzte Destination

....

Halloween 2019

Ohne Vorwarnung schoss der Kürbis zwischen den parkenden Autos hervor auf die Straße. Die Fahrerin des sich nähernden Wagens tat genau das, was sie in der Fahrschule gelernt hatte: Sie bremste. Denn einem Ball – oder in diesem Fall einem rollenden Kürbis – folgt nur allzu oft ein Kind.

Die Fahrerin hörte einen Knall. Sie erschrak. Sie verlor die Kontrolle über ihren Wagen. Er schlitterte nach links und reagierte nicht mehr auf die Bewegungen des Lenkrads. Ein Reifen war geplatzt.

Panisch blickte die Fahrerin aus dem Seitenfenster. Sie sah nichts – und das war gut. Keine Fußgänger standen auf dem Teil des Gehwegs, dem sie sich unaufhaltsam näherte.

Schließlich prallte der Wagen gegen zwei Briefkästen, drehte sich noch einmal um 45 Grad zur Seite und blieb dann stehen. Niemand wurde verletzt. Auch die Fahrerin kam mit dem Schrecken davon. Nur die Tür, oder wahrscheinlich sogar die komplette linke Seite ihres Wagens müsste ausgetauscht werden.

Die Fahrerin blickte nach vorne. Die Gehäuse der beiden Briefkästen, in die ihr Wagen geschleudert worden war, waren aufgesprungen. Die Wucht des Aufpralls hatte deren kompletten Inhalt – Briefe, Umschläge und eine Vielzahl von bunten Postkarten mit Halloweengrüßen – in die Luft gewirbelt. Nur einen Moment später wurde das ganze Papier durch einen Windstoß hochgerissen und weit nach vorne zu einer breiten Kreuzung geweht.

••••

Der kleine Tommy, der ein paar Meter rechts von der Kreuzung zum Bäcker auf der gegenüberliegenden Straßenseite laufen wollte, um sich passend zum Festtag einen orangefarbenen Fratzenmuffin zu kaufen, blieb mitten auf der Straße stehen und betrachtete fasziniert die drei Dutzend Postkarten, die über seinen Kopf hinwegflatterten. »*Wie Konfetti*«, rief er fröhlich.

••••

Zweihundertmeter links von Tommy flog ein DIN A4 Umschlag auf die Windschutzscheibe eines heranfahrenden SUVs und verhakte sich quer am Scheibenwischer. Der Fahrer hatte den kleinen Tommy zwar noch auf der Straße stehen sehen, aber durch den Schreck rutschte sein Fuß auf das Gaspedal. Er beschleunigte und raste blind nach vorne.

Der Fahrer erholte sich von seinem Schreck. Er nahm einen zweiten Anlauf und bremste. Aber auch wenn ihm durch den eingeklemmten Umschlag immer noch die Sicht nach vorne genommen war, wusste er, dass der Junge vor ihm keine Chance mehr hatte. In wenigen Sekunden würden sich zwei Leben für immer verändern.

••••

Die sechzehnjährige Theresa Neumann ging durch die Tür des Bäckerladens nach draußen. Sie freute sich auf den Abend mit ihren Freundinnen. Auch wenn sie unter Garantie alle Alice trösten müssten, die gerade von ihrem Freund betrogen worden war.

Theresas Puls beschleunigte sich. Der kleine Junge dort stand mitten auf der Straße und hatte nur die Postkarten im Blick, die über ihn im Wind hin und her flatterten. Den Wagen, der von rechts auf ihn zuraste, sah er nicht.

Theresa ließ alles fallen, was sie in der Hand hielt. In Sport war sie nur Mittelmaß, aber sie musste es versuchen. Sie rannte los. Sie spürte, wie das Adrenalin in ihre Blutbahn schoss. Noch fünf Meter, dann wäre sie bei Tommy.

Sie hatte es geschafft. Mit ausgestreckten Handflächen schubste Theresa Tommy nach vorne. Er fiel hin und rutschte bis zum Rand des Bürgersteigs. Wahrscheinlich hatte er jetzt ein paar kleine Schürfwunden, aber er schwebte nicht mehr in Gefahr.

Nur war Theresa noch nicht in Sicherheit. Das wusste sie. Jetzt musste sie entkommen. Aber wie? Denn schon spürte sie an ihrem Körper die massive Front der Luftmassen, die der SUV vor sich herpresste.

Theresa holte zum Endspurt aus. Es war nicht mehr weit, aber die Viertelsekunde, die sie verloren hatte, um Tommy aus der Gefahrenzone zu stoßen, bedeutete für sie den Unterschied zwischen Leben und Tod.

Der Wagen erfasste Theresa. Sie wurde auf die Motorhaube geschleudert und knallte mit der Stirn gegen die Windschutzscheibe. Das Glas splitterte. Die Risse färbten sich rot.

••••

Mit aller Macht trat der bereits traumatisierte Fahrer auf die Bremse. Sein SUV kam zum Stehen. Theresa wurde über die Motorhaube rutschend nach vorne geschleudert und schlug vor der

Stoßstange des Wagens auf den harten Asphalt auf. Mit dem Hinterkopf zuerst, der nun alle Energie des Sturzes auffangen musste, dafür aber nicht geschaffen war.

● ● ● ●

Es kam ihm vor wie eine Ewigkeit. Wie in Zeitlupe lief alles vor den Augen von Tim Schwarz ab: der Wagen, der nach einem halb missglückten Bremsmanöver gegen die Briefkästen geknallt war; der Junge, der abgelenkt auf der Kreuzung gestanden hatte; und die tapfere junge Frau, ein Mädchen in Tims Alter, die für ihre gute Tat teuer bezahlen musste.

Aber Tim hatte nichts tun können. Er hatte viel zu weit entfernt gestanden.

● ● ● ●

Tim rannte zu Theresa. Er kannte sie nicht, aber das spielte jetzt keine Rolle.

Tim ließ sich fallen. Er schlitterte zu ihr und spürte, wie der Asphalt den Stoff seiner Jeans zerrieb. Das war Tim egal. Er wollte so schnell wie möglich bei dem Mädchen sein.

Tim sah Blut. So viel Blut. Blut, das von Theresas Hinterkopf aus flussartig die Straße herunter in Richtung des Gullys strömte und Theresas Lebensenergie mit in den Untergrund riss.

»Mir ist kalt«, sagte Theresa und fing an, zu zittern. Tim zog seinen Pullover aus und legte ihn über sie. Einen Moment lang überlegte er, ob er auch noch sein T-Shirt ausziehen sollte, um zu versuchen, die Blutung an Theresas Hinterkopf zu stillen, aber er wusste nicht, ob das den Zustand von Theresa nicht sogar noch verschlimmern würde. Stattdessen hielt er weiter ihre Hand.

»Ich bin ausgebildete Sanitäterin.«

Tim blickte hoch. Eine Frau hatte sich neben Theresa gekniet. Tim wollte Theresas Hand loslassen und zur Seite gehen, damit er der Sanitäterin nicht im Weg steht.

»Bitte geh nicht. Bleib bei mir«, sagte Theresa.

Während die Sanitäterin mit einem Notarzt telefonierte, hielt Tim weiterhin Theresas Hand. Er konnte Sie nicht alleine lassen. Er sah sie an.

30 Sekunden später schlossen sich Theresas blaue Augen für immer.

»Muss töten…«

....

Normalerweise sind Jahrestage ja etwas Schönes. Dieser hier aber nicht. Halloween 2019 möchte ich aus meinem Gedächtnis brennen. Denn an diesem Tag musste ich mitansehen, wie eine junge Frau, ein Mädchen in meinem Alter, von einem Wagen erfasst und schwer verletzt auf die Straße geschleudert wurde. Sie starb zwei Minuten später in meinen Armen. Das war also die Belohnung dafür gewesen, dass sie nur einen Moment zuvor einem Kind das Leben gerettet hatte. Ja, das Schicksal kann einen schon mal mies verraten. Das musste Theresa Neumann – so hieß sie – erfahren. Und ich, Tim Schwarz, hatte nichts für sie tun können.

Und jetzt, ein Jahr später, war ich alleine in unserem Haus. Meine Eltern und meine kleine Schwester verbrachten das Wochenende bei meiner Tante. Also war der einzige Freund, den ich in diesem Moment hatte, der Monitor meines PCs.

Diese trostlose Einsamkeit war neu für mich. Denn bisher war ich an Halloween immer mit meinem besten Freund Robert Cullmann (wir kannten uns bereits seit dem Kindergarten) umhergezogen. Aber heute, genau ein Jahr nach Theresas Unfall, hatte ich schlicht und ergreifend keine Lust mehr dazu. Es fühlte sich falsch an, an diesem Tag Spaß zu haben.

Robert hatte das verstanden und mir deshalb sofort das Angebot gemacht, mir heute Abend Gesellschaft zu leisten. Aber das hatte ich abgelehnt. Ihr müsst nämlich wissen, dass Robert seit drei Monaten seine erste feste Freundin hat. Und die, Isabella Born, ist ein echter – ein unglaublich bezaubernder – Hammer. Isabella ist blond, eine athletische Cheerleaderin mit echtem Teamgeist und ein absolutes Ass in Mathematik und Informatik. Ach so; wenn Isabella gut drauf ist, dann legt sie eine Rhetorik an den Tag, die sogar Barack Obama neidisch werden lässt.

Leider hatten all ihre Talente am Ende dazu geführt, dass sich kein Kerl getraut hat, sie anzusprechen. Okay, mit Ausnahme der paar Idioten, die eine Wette darauf abgeschlossen hatten, wer Isabella als erstes 'pflücken' würde. Aber denen hatte Isabella stets die smart-kalte Schulter gezeigt.

Dann kam Robert. Die beiden hatten sich in unserem Tanzkurs kennengelernt und nachdem Robert Isabella mit höflich zuversichtlicher Stimme gefragt hatte, ob sie ihn auf den Abschlussball begleiten würde, sind die beiden ein Paar. Eine tolle Story!

Ich freute mich wirklich wahnsinnig für meinen Freund. Denn obwohl er fest mit Isabella zusammen war, unternahmen wir immer noch sehr viel gemeinsam. Das Schöne dabei war, dass mir Robert und Isabella niemals das Gefühl gaben, das dritte Rad am Fahrrad zu sein. Außerdem versicherte mir Isabella immer wieder, dass eines Tages auch meine Prinzessin an die Tür klopfen würde.

Nur nicht heute, dachte ich und mir wurde bewusst, dass ich in diesem Moment wirklich unglücklich war. Trotzdem hoffte ich, dass Robert und Isabella einen schönen Halloweenabend haben würden, denn eine neidische Spaßbremse wollte ich nicht sein. Unter meinem Trauma der Ereignisse von vor einem Jahr sollte niemand leiden.

Aber hey, warum eigentlich nicht?, dachte ich auf einmal. Warum sollte ich meinem Glück mit der Prinzessin vielleicht nicht doch ein ganz kleines bisschen nachhelfen?

Also legte ich los und lud mir die Desktop-App einer bekannten Dating-Site herunter und richtete mir dort einen Account ein. Aber gerade als ich mit der Eingabe meiner persönlichen Daten fertig geworden war und es mit dem interessanten Teil losgehen sollte, wurde mir der Weg zu meiner Prinzessin verwehrt. Es machte *'plop'* und der Monitor meines PCs ging aus. Ein paar Augenblicke später auch alle Lichter im Haus. Ich saß im Dunkeln.

Das war ein Stromausfall! So viel stand fest. Und es betraf nicht nur uns. Denn als ich durch mein Fenster nach draußen auf die Straße blickte, sah ich, dass die Lichter in den anderen Häusern ebenfalls dabei waren, auszugehen. Einen Augenblick später erloschen auch die Laternen auf den Gehwegen und danach spendete nur noch der hoch am Himmel stehende Vollmond etwas bläuliches Licht. Ich fragte mich, wie lange noch. Denn es war Regen und ein heftiges Gewitter angesagt.

Trotz der Dunkelheit war auf der Straße immer noch einiges los und nach und nach tauchten ein gutes Dutzend nicht gerade aufrecht gehender Schlurftypen auf. Sie klopften an ein paar Haustüren, bekamen diese aber gleich wieder vor die Nase geknallt, nachdem die Bewohner ihnen mit einer Taschenlampe oder der LED ihres Smartphones ins Gesicht geleuchtet hatten. Wer auch immer diese Typen waren, sie waren definitiv nicht willkommen.

Ich hörte Schreie. Kinder liefen vor den Schlurftypen weg, ließen in Panik ihre sauer verdienten Süßigkeiten auf die Straße fallen und rannten Schutz suchend in die Häuser. Zum Glück wurden sie hereingelassen. *Arschlöcher*, dachte ich. *Kinder so zu erschrecken, das ist echt mies.*

Mittlerweile hatten sich meine Augen recht gut an die Dunkelheit gewöhnt und ich sah, wie eine Gruppe von vielleicht 30 Leuten aus dem Tor zum Friedhof herauswankte. So wie die sich bewegten, mussten die alle stockbesoffen sein.

Saufen auf dem Friedhof und anschließend Kinder erschrecken. Das war selbst an Halloween nicht zu entschuldigen. Ich beschloss, die Polizei zu rufen. Nur – und das war jetzt wirkliche keine Überraschung – war unser Festnetz durch den Stromausfall lahmgelegt. Mein Smartphone funktionierte auch nicht. Obwohl es geladen war, zeigte es an, dass es keinen Empfang hatte. Anscheinend waren auch die Mobilfunk-Sendemasten von dem Stromausfall betroffen.

Schlurfen … Scharren … Knarren … so etwas wie ein sanftes Tippen und ein Rappeln. Dann ein Klopfen. So wie es aussah, machte sich unten jemand an unserer Haustüre zu schaffen.

Falls es Einbrecher waren, die die plötzliche Dunkelheit ausnutzen wollten, fehlte ihnen zumindest das Talent, lautlos eine Tür zu öffnen. Ich seufzte und beschloss, nachzusehen. Ich nahm mein Smartphone in die Hand, aktivierte die Taschenlampen LED, lief die Treppe herunter ins Erdgeschoss und öffnete die Tür und…

…und da stand sie vor mir. Theresa. Theresa Neumann. Die Schülerin, die vor einem Jahr in meinen Armen gestorben war. Wie…?

Theresa sah nicht gerade gesund aus. Ihr Gesicht war blass, die Augen farblos und die Lippen dunkelrot verkratzt. Ihre langen schwarzen Haare fielen wie verklebtes Schnittlauch seitlich die Schultern herunter. Theresas Wangen waren aufgerissen. An einigen Stellen fehlte Haut. Schwarzer öliger Blubber quoll dort aus den Wunden hervor und ich glaubte, an einer Stelle über Theresas Ohr einen Teil von ihrem rosagrauen Gehirn sehen zu können. Und dass Theresa nicht sonderlich gut roch, das muss ich euch wahrscheinlich nicht erzählen.

Ich begann zu überlegen, ob sie trotz allem immer noch zu gut für eine Person aussah, die man bereits vor einem Jahr beerdigt hatte, aber diesen intellektuellen Luxus konnte ich mir nicht lange leisten.

»Töten«, schrie … nein … grunzte Theresa auf einmal mit unmenschlicher Stimme und griff mich an. Ihre Hände schossen nach vorne und packten mich fest und erbarmungslos an den Schultern. Theresa zog mich an sich heran und schlug mir dabei mein Smartphone aus der Hand. Es wurde einen Meter nach oben in die Luft gewirbelt und leuchtete mir anschließend auf dem Weg nach unten mit der immer noch aktivierten Taschenlampen-LED für einen Moment ins Gesicht. Schließlich schlug es auf der Marmorplatte vor unserem Haus auf. Das war's. Es zerbrach in tausende von Einzelteilen.

Zu meiner Überraschung ließ mich Theresa wieder los. Ihr Blick war verwirrt. Sie bückte sich, zog die halb herausgebrochene Taschenlampen-LED aus den Trümmern meines Smartphones und hielt sie mir wedelnd vors Gesicht. Natürlich gab die kein Quantum

Licht mehr von sich, was Theresa mit einem wütenden Grunzen quittierte. Anschließend zerquetschte sie die LED zwischen ihrem Daumen und Zeigefinger. Das sich dabei Plastik- und Metallsplitter tief in ihre Haut bohrten, schien ihr nichts auszumachen.

Dann wollte Theresa anscheinend etwas sagen, aber sie brachte kein Wort hervor. Unbeholfen verzog sie ihr Gesicht. Sie versuchte einzuatmen und Luft in ihre Lungen zu bekommen, aber auch das schaffte sie nicht. Schließlich ging sie noch einmal einen Schritt auf mich zu und nahm meine Hand. Ich ließ es geschehen. Schlau war das definitiv nicht.

»*Rein … reinkommen?*«, brachte Theresa schließlich mit viel Anstrengung über ihre Lippen und nett und naiv, wie ich nun einmal war, ließ ich das verwirrte untote Mädchen in unser Haus. Ich half ihr, sich an den Küchentisch zu setzen. Dass diese Aktion tierisch gefährlich war, muss ich wahrscheinlich nicht erwähnen.

Trotzdem setzte auch ich mich an den Küchentisch und Theresa und ich sahen uns im Schein des Mondlichts, das durch das Küchenfenster schien, erst einmal für eine halbe Minute schweigend an.

Theresa blickte verunsichert und mit ängstlich suchendem Blick nach links und rechts. »Nein. Will nicht … bitte … er ist doch…«, sagte sie mit mädchenhafter Stimme zu einem Gesprächspartner, den anscheinend nur sie hören konnte.

Tödliche Entschlossenheit funkelte in Theresas Augen auf. »Töten … muss töten … will töten …«, grunzte sie und sprang nach vorne. Sie packte mich erneut an den Schultern, aber ich schaffte es, sie abzuwehren.

Während Theresa unbeholfen vom Tisch krabbelte, rannte ich in unser Wohnzimmer und schnappte mir den Baseballschläger meines Vaters. Langsam, und mit dem Schläger in Verteidigungsposition, ging ich zurück in die Küche und auf Theresa zu.

Was auch immer Theresa die letzten paar Minuten über an Vernunft an den Tag gelegt hatte, war spurlos verschwunden. Mit ausgestreckten Armen und sprungbereitem Körper kreiste Theresa um mich herum. Sie wurde immer schneller ... immer aggressiver ... und leider auch immer gewiefter.

Zu meiner Überraschung brach sie ihre Attacken immer im letzten Augenblick wütend ab, aber ich wusste, dass ich ihr nicht mehr lange entkommen könnte. Von Runde zu Runde kam sie mir näher.

»Hör zu, Theresa! Ich möchte das nicht, aber ich werde mich wehren. Viellei–«

Wie eine Kreuzung aus Spinne und Panther sprang Theresa nach vorne. Diesmal brach sie ihren Angriff nicht ab. Sie packte mich unter den Schultern und zog mich an sich heran. Sie riss den Mund auf. Ihre Zähne, oder besser gesagt das, was davon übrig geblieben war, rasten auf meinen Hals zu.

Ich hatte keine Wahl mehr. Ich holte aus. Mein Baseballschläger raste auf Theresas Schädel zu. Es brach mir das Herz.

»Du bist bei mir geblieben.«

....

Unsere Blicke kreuzten sich und mir wurde klar, dass ich es nicht tun konnte. Ich konnte Theresa nicht umbringen. Mit dem letzten bisschen Energie, das ich noch aufbringen konnte, brach ich den Angriff ab.

Während ich mich fragte, ob ich nun ein Gentleman oder einfach nur ein lebensmüder Idiot war, wartete ich auf das Ende. Auf brüchig verfaulte Zombiezähne, die sich brutal in meinen Hals bohren und alles zerfetzen würden.

Lange musste ich nicht warten. Schon spürte ich die Spitzen von Theresas Zähnen auf meiner Haut. Aber unerwartet sanft. Und dann war der Druck auch schon wieder verschwunden. Nichts war geschehen. Theresa hatte ihre Attacke beendet. Einfach so. Sie ließ mich los und ging drei Schritte zurück. »Ent ... entschuldigung«, brachte sie irgendwie hervor, während ich den Baseballschläger auf den Boden legte.

Ich war mir nicht sicher, ob sich Tränen in Theresas Augen bildeten, als sie sich umdrehte und langsam wieder zur Haustür schlurfte. Dort angekommen drückte sie ohne jeden Antrieb die Klinke herunter. Schließlich zog sie die Tür einen Spalt auf. Dann aber zögerte sie.

»Was wirst du jetzt tun?«, fragte ich sie. Etwas in mir wollte nicht, dass sie geht.

»Töten ... Ich muss töten«, antwortete Theresa mit einer fast menschlichen und unglaublich traurigen Stimme.

»Nein. Das musst du nicht«, sagte ich. Ich nahm Theresas Hand in meine, schloss wieder die Tür und führte sie zurück zum Küchentisch.

Theresa setzte sich und schaute mich dabei mit einer Mischung aus Verwirrung und Dankbarkeit an. Ihr Körper zuckte noch zweimal nach vorne, so als ob sie mich erneut angreifen wollte und ihr befohlen wurde, ein grausames Programm abzuarbeiten. Aber mittlerweile hatte sich Theresa unter Kontrolle. Wer auch immer es war, der Theresas Handeln steuerte, er verlor seine Macht über sie. Jetzt fühlte ich mich sicher und dieses Gefühl wollte ich auch Theresa geben.

»Möchtest du etwas trinken?«, fragte ich sie.

Theresa nickte. Ich drehte mich um und öffnete den Kühlschrank. »*Am besten etwas ohne Kohlensäure. Man weiß ja nie*«, sagte ich vor mich hin, während ich zwei Gläser Orangensaft eingoss. Eins gab ich Theresa. Dann setzte auch ich mich an den Küchentisch.

»Ich … kann … nicht«, sagte Theresa, während sie nach dem Glas griff, dann aber doch nichts trank.

»Was kannst du nicht?«, fragte ich sie.

»Denken … sprechen … kann nicht mehr.«

»Warum glaube ich dir das nicht so ganz?«, sagte ich zu Theresa und hatte das Gefühl, ein kleines, wenn auch verunsichertes Lächeln in ihrem Gesicht aufleuchten zu sehen.

»Warum kann ich … du …?«

Wir hörten Geräusche von draußen und blickten zum Küchenfenster. Eine Gruppe von drei Zombies schlurfte vorbei, schenkte aber unserem Haus keinerlei Beachtung. Vielleicht lag es daran, dass Theresa bei mir war. Vielleicht war ich in ihrer Gegenwart sicher.

»Du bist bei mir geblieben, als … als ich auf der Straße lag«, sagte Theresa.

»Natürlich. Das war doch selbstverständlich«, antwortete ich.

»Das war … nicht ein– … nicht einfach?«

»Nein. Das war es nicht.«

Theresa machte eine Pause. Ihr Blick schweifte im Raum umher. Für den Bruchteil einer Sekunde schaute sie auf ihr Spiegelbild im Fenster, blickte dann aber sofort wieder weg.

»Ich bin aufgewacht. Vor einer Stunde. Mit all den Stimmen im Kopf«, sagte sie.

»Stimmen?«

»Ja. Ich kann sie hören. Ich kann alle hören, die so sind, wie ich. Ich weiß, was sie denken. Ich weiß, was sie wissen. Ich bin wie sie und sie sind wie ich, aber ... aber da ist diese eine Stimme. Die ist lauter und ... und die sagt uns, was wir tun sollen. Wir sollen töten. Ich wusste gleich, dass ich das nicht kann und ... und als ich dich gesehen habe, da wusste ich, dass ich es auch nicht wollte.«

»Hast du... ?«, fragte ich Theresa und hatte Angst vor der Antwort.

»Nein«, antwortete sie und schüttelte den Kopf. Dabei hatte ich das Gefühl, dass Theresas Stimme immer natürlicher und immer mehr wie die ganz normale Stimme einer jungen Frau klang. Das Monster, das gerade eben noch grunzend meine Halsschlagader zerfetzen und mir anschließend wahrscheinlich die Gedärme herausreißen wollte, existierte nicht mehr.

»Kennst du die Stimme, die euch befiehlt, zu töten?«

»Nein. Ich kenne nur ihren Namen. Sie ... die Stimme ... er ... er heißt Mickey ... Mickey Knapp. Und als ich dich gesehen habe, da hat er gelacht. Er scheint dich zu kennen. Du seist der Sohn der Kröte. Aber all die Menschen hier und die Kinder. Nein! Nicht das Flugzeug. Das darfst du nicht tun. Lass sie in Ruhe, Mickey. Ich werde Tim alles erzählen. Er wird mir helfen. Zusammen werden wir...«

Urplötzlich schrie Theresa auf. Sie schien unendliche Schmerzen zu spüren. Sie fasste sich an den Kopf und presste dabei ihre Handflächen so feste gegen ihre Schläfen, dass ich Angst bekam, ihr Kopf würde gleich zerplatzen. Für einen Moment schloss Theresa ihre Augen und als sie sie wieder öffnete, leuchteten sie feuerrot auf. Sie glühten vor Wut und Schmerz.

Von Krämpfen geschüttelt fiel Theresas Körper schließlich vom Stuhl. Ich sprang auf. Es gelang mir, sie aufzufangen. Dann half ich ihr, sich wieder hinzusetzen.

Nach einer Weile hörte Theresa auf zu zittern. Ich schaute ihr in die Augen. Etwas war anders. Sowohl das wütende Rot als auch die blasse Leblosigkeit waren verschwunden. Theresas natürliche blaue Augenfarbe war zurückgekehrt. Außerdem, und das war jetzt das

Wichtigste, konnte ich spüren, dass sie mir vertraute. Und ich vertraute ihr.

»Die Stimmen sind weg. Die Stimmen der anderen Zombies, meine ich«, sagte Theresa.

»Und was ist mit der Stimme, die dir die Befehle gegeben hat. Was ist mit der Stimme von Mickey Knapp?«

»Die ist auch weg. Mickey wurde wütend, weil ich dich nicht töten wollte. Er hat die Verbindung gekappt. Er hat mich verstoßen, weil ... weil ich eine verräterische Ratte sei, der man nicht trauen kann. Außerdem sei ich hässlich und dumm. Viel zu dumm, um am Leben zu bleiben. Das hätte ich ja bewiesen.«

Theresa begann zu weinen. Erst dachte ich, dass sie nur wegen dem weinte, was Mickey gerade zu ihr 'gesagt' hatte. Dann aber sah ich, dass sie ausführlich ihr Gesicht betrachtete, das sich verzerrt in dem Glas Orangensaft vor ihr spiegelte.

»Wie lange ist es her?«, fragte sie.

»Der Unfall war vor genau einem Jahr.«

»Für mich ist es vor vielleicht zwei Stunden geschehen«, sagte Theresa leise. »Aber kennst du denn diesen Mickey Knapp? Ich habe das Gefühl, dass er dich kennt.«

»Nicht persönlich«, antwortete ich. »Ich kenne ihn nur aus den Erzählungen meines Vaters. Mickey hatte ihn immer Kröte genannt. Die beiden gingen auf dieselbe Schule. Mickey war ein ganz übler Kerl. Der Klassenbully. Seinetwegen hat mein Großvater meinem Vater auch den Baseballschläger gekauft. Denn eines Tages hatte Mickey meinen Vater kopfüber in die Schultoilette getaucht. Er wollte noch scharfen Toilettenreiniger in die Schüssel kippen, aber glücklicherweise konnte der Hausmeister das gerade noch rechtzeitig verhindern. Daraufhin ist Mickey endlich von der Schule geflogen.«

»Ist er noch am Leben?«

»Nein. Mickey wollte ein paar Monate später mit einer geklauten Waffe eine Tankstelle überfallen. Aber als er wie in einem billigen B-Movie theatralisch hereinstürmte und die Angestellte bedrohte, ist er gestolpert, hat dabei ein Regal mit Gartenartikeln umgestoßen und ist schließlich in einen Rechen gestürzt. Die Zinken haben sich auf Augenhöhe in seinen Schädel gebohrt und sind hinten wieder rausgekommen. Mit einem letzten Zucken hat sich Mickey dann noch in den Bauch geschossen. Das war kein schöner Anblick. Die Angestellte musste anschließend erst einmal für eine Weile in Behandlung, aber sie hat sich wieder erholt. Das war es dann mit Mickey. Zumindest bis jetzt, denn anscheinend ist er ja zurückgekehrt. Mit einem Plan. Kannst du dich noch daran erinnern, was er vorhat?«

Theresa fasste sich an den Kopf. Sie versuchte, sich zu konzentrieren, aber es fiel ihr schwer.

»Ja ... nein ... bis eben war noch alles da. Unser Wissen war verschmolzen. Wir waren eins und ich wusste, was Mickey vorhat. Ich kannte alle Details. Er hatte seinen Plan mit uns geteilt. Aber jetzt verblasst alles so rasend schnell. Es löst sich auf. Es zerfällt zu Staub. Weil Mickey mich verstoßen hat, glaube ich. Die Stimmen der anderen Zombies in meinem Kopf sind nur noch ein verschwommenes Echo und Mickeys Plan wird aus meiner Erinnerung gelöscht. Er wird ausradiert. Ich kann nichts dagegen tun. Tim, wir müssen sofort aufschreiben, was ich im Moment noch weiß. Nur so können wir Mickey aufhalten.«

Ich stürzte in den Flur und schnappte mir die Notizzettel, die unter unserer Familienpinnwand lagen. Dann setzte ich mich wieder neben Theresa. »Ganz ruhig. Erzähle mir alles, woran du dich noch erinnern kannst«, bat ich sie.

»Mickey ist wütend, weil er nicht mehr im Mittelpunkt steht. Die Leute reden alle nur noch von verrückten Politikern, von durchgeknallten Verschwörungstheoretikern und von dem Virus. Und als Mickey auch noch gehört hat, dass heute vielleicht ein Meteorit mit der Erde zusammenstoßen wird, da ist er ausgerastet. Diese Konkurrenz ist einfach zu viel für sein Ego. Mickey ist nämlich der Überzeugung, dass nur Zombies das Recht haben, das Ende der Welt herbeizuführen und die Menschheit zu vernichten. Natürlich angeführt von ihm. Noch in tausend Jahren soll man seinen Namen voller Ehrfurcht flüstern. Mickey will als der böseste der bösen Zombies in die Geschichte eingehen. Noch nie hätte es einen Zombie gegeben, der so viel für die Apokalypse getan hat, wie er.«

»Weißt du noch, wie Mickey den Weltuntergang einleiten möchte?«

»Nur noch schemenhaft. Alles soll mit einer Panik beginnen. Deshalb hat er uns gerufen. Mickey will Tote. Viele Tote. Auch Kinder. Auch Kinder sollen sterben. Denn das bringt immer gute Einschaltquoten, denkt er. Außerdem gibt ihm die Angst der Menschen eine unglaubliche Macht.«

»Die Macht, noch mehr Untote zu rufen?«, fragte ich.

»Ja. Allerdings nicht nur hier, sondern weltweit. Außerdem träumt Mickey von einem Mast mit Antennen. Und von einem Flugzeug, aus dem ein Feuerball wird. Die Menschen verbrennen. Mickey will … er will …«

Theresa begann zu zittern, aber sie sprach gefasst weiter. »Ich weiß nicht mehr, was Mickey vorhat, Tim. Ich weiß nur noch, dass ich mich bei dir sicher fühle und dass ich nicht möchte, dass Menschen sterben. Wir müssen etwas dagegen tun.«

Ich stimmte Theresa zu. Aber welche Chancen hatten wir gegen einen bösartigen Untoten, der eine Armee von Zombies befehligte. Alleine würden wir das niemals schaffen. Wir brauchten Hilfe.

»Theresa, ich würde gerne zwei meiner Freunde einweihen. Robert und Isabella.«

»Vertraust du ihnen?«

»Mit meinem Leben.«

»Dann werde ich das auch tun«, antwortete Theresa. »Aber wie willst du die beiden erreichen? Dein Smartphone ist, na ja, nicht mehr ganz so gut drauf.«

»Und das Festnetz geht wegen des Stromausfalls nicht mehr. Ist aber alles halb so wild. Isabella wohnt am oberen Ende der Straße. Im vorletzten Haus rechts. Isabellas Eltern sind das Wochenende über vereist, also gehe ich davon aus, dass Robert bei ihr ist und die beiden die Sache mit dem Stromausfall wahrscheinlich noch gar nicht mitbekommen haben.«

Theresa schaute mich für einen Moment fragend an. Dann aber grinste sie.

»Okay. Machen wir uns auf den Weg. Das wird keine 10 Minuten dauern«, sagte ich.

FOLGE DEM TOTEN STEINWEG

....

Es ist eine allgemein anerkannte und meist ziemlich blutige Wahrheit, dass der Satz *'Ich bin gleich wieder zurück'* das Dämlichste ist, das man in einem Horrorfilm sagen kann. Daran würde sich wahrscheinlich niemals etwas ändern. Allerdings war meine Behauptung, dass wir in zehn Minuten bei Isabella sein würden, auch nicht gerade die intelligenteste.

Erst einmal lief alles prima. Wir verließen das Haus, bogen nach links ab und gingen dann zielstrebig die Straße hoch.

Rund zwei Dutzend Zombies schlurften noch durch die Nachbarschaft und klopften unmotiviert mal an die eine und mal an die andere Haustür, aber glücklicherweise waren unsere Nachbarn intelligent genug, ihre Türen und Fenster verschlossen zu halten. So wie es aussah, hatte Mickeys Bande von Untoten bisher nur Schrecken verbreitet, aber noch niemanden getötet.

Mit Theresa unterwegs zu sein hatte einen echten Vorteil. Die anderen Zombies ignorierten uns. Anscheinend hatten die noch nicht mitbekommen, dass Theresa nicht mehr zum Club gehörte. Trotzdem liefen wir nicht allzu schnell. Unnötige Aufmerksamkeit erregen wollten wir nicht.

Nach zwei Minuten näherten wir uns einer Gruppe von vier Zombies. Die sahen sich so ein auf dem Boden liegendes längliches Leuchtding an. Ihr wisst schon, so einen kleinen Plastikstab, den man knickt und der anschließend für eine Weile mit nicht gerade nachhaltiger Chemie vor sich hin leuchtet. Hellrosa, in diesem Fall.

Schließlich hob einer der Zombies das Ding vom Boden auf und leuchtete damit seinen Kumpels ins Gesicht. Das machte dem Quartett einen grunzenden Heidenspaß.

Ja, dachte ich. Besser hätte es gar nicht laufen können. Die vier waren so sehr damit beschäftigt, einfach nur gut drauf zu sein und sich zu amüsieren, dass sie nicht mehr daran dachten, das Gehirn von jemandem zu fressen.

Für einen Moment überlegten Theresa und ich, ob wir zur Sicherheit die Straßenseite wechseln sollten. Wir entschieden uns dann aber dagegen, weil wir damit wahrscheinlich nur unnötig aufgefallen wären.

Hätten wir das nur gemacht, denn gerade als wir an der Gruppe der happy Untoten vorbeigehen wollten, sprang einer der Zombies freudig auf mich zu und wedelte mit dem Leuchtding vor meinem Gesicht herum. Und ja, ich war mir sicher, dass er nur spielen wollte. Allerdings hielt der Kerl auf einmal inne, dachte nach (was ihm offensichtlich ziemlich schwerfiel) und verzog dann sein Gesicht.

»Töten. Den Sohn der Kröte muss man töten. Dann werden wir alle belohnt werden«, röchelte es aus dem Mund des Zombies. »Und die hässliche Ratte müssen wir zertreten, dann gibt es noch mehr.«

Schrott. Wir sind aufgeflogen, dachte ich. *Das war's.*

Aber als sich der Zombie Theresa gleichermaßen unbeholfen und lüstern näherte, schlug sie ihm das Leuchtding aus der Hand. Es flog für einen Moment durch die Luft, schlitterte dann die Straße entlang und kam zwei Millimeter vor einem offenen Gullydeckel zum Stehen. Was jetzt noch fehlte, war ein Clown.

Die vier Zombies zuckten zusammen. Keiner bewegte sich mehr. Jetzt mussten sie sich entscheiden: das rosa Leuchtding, oder mein Hirn.

Aus dem Augenwinkel heraus sah ich, wie sie so eine Art von Abstimmungsversuch über die weitere Vorgehensweise unternahmen und damit begannen, 'Schnick Schnack Schnuck' zu spielen. Das war unsere Chance, hier ungeschoren wegzukommen. Die mussten wir ergreifen.

Ich blickte mich um. Vor uns lag das Grundstück der Familie Ebert. Das war von hohen Hecken umgeben, aber die kleine Gartentür stand offen. Ich packte Theresas Hand und wir rannten los. Nach knapp fünf Sekunden waren wir im Vorgarten der Eberts angekommen und versteckten uns dort hinter den Hecken.

Vorsichtig schaute ich zurück auf die Straße. Wir hatten mehr Glück als Verstand. Denn nachdem wir aus deren Blickfeld verschwunden waren, dachten die Zombies anscheinend nur noch an das Leuchtding. Sie machten keinerlei Anstalten, uns zu verfolgen. Vielmehr stürmten sie eiligst zu dem Gully, um ihren Schatz zu bergen. Etwas in mir wünschte ihnen von ganzem Herzen aus gutes Gelingen.

••••

Auch wenn es etwas länger dauern würde und einen Hauch von Hausfriedensbruch in sich trug, beschlossen wir nach unserer Begegnung mit dem Zombiequartett, den Rest des Weges nur noch durch die hinteren Gärten der Nachbarn zu Isabellas Haus zu laufen. Von der Straße wollten wir uns vorerst fernhalten. Denn da die Zombies in einem Kollektiv miteinander verbunden waren, hatte Mickey Knapp, der neue Anführer der nicht mehr ganz so freien untoten Welt, wahrscheinlich eine ungefähre Ahnung davon, wo wir uns im Moment aufhielten.

Da die hinteren Teile der Grundstücke in unserer Straße alle nur durch kleine Zäune abgetrennt waren, kamen wir recht schnell voran. Aber vier oder fünf Häuser weiter hörten wir Kinderstimmen. Wir blieben stehen und schauten vorsichtig nach vorne auf den Gehweg. Zwei Kinder sprachen einen Zombie an und fragten ihn, ob sie mal seine coole Maske anfassen dürften. Na klasse!

Ich hoffte, dass der Zombie die Kinder gleich angrunzen und sie dadurch verscheuchen würde, aber so einfach war es diesmal leider nicht. Denn dieses verfaulte Exemplar schien recht gewieft zu sein. Der Untote lächelte die Kleinen freundlich an und ging anschließend verführerisch einladend in die Knie.

Damit hatte der Mistkerl Erfolg, denn sofort näherten sich die neugierigen Hände der Kleinen seinem Gesicht. Was als Nächstes geschehen würde, war klar.

Wir müssen etwas unternehmen, flüsterte ich Theresa zu.

Theresa und ich verließen unsere Deckung im hinteren Teil des Gartens und schlichen zügig nach vorne: vorbei am dunklen Haus … wieder rein in einen Vorgarten … und über den Zaun auf den Gehweg. Gleich wären wir bei den Kindern, aber … zu spät!

Mit einer perfekt ausgeführten Bewegung packte der Zombie die Hände der beiden Kinder und zog sie langsam, ganz ganz langsam in Richtung seines geöffneten und sabbernden Mauls. Dabei lachte er und schnappte ein paar Mal nur so zum Schein zu. Dem Arsch schien es richtig Freude zu bereiten, den Kleinen Angst zu machen. Die jedenfalls schrien wie am Spieß.

Trotzdem hatten wir durch das sadistische Spiel des Zombies fünf wertvolle Sekunden gewonnen und gerade als er den Kindern wirklich in die Hände beißen wollte, waren wir nahe genug bei ihnen, um eine Tragödie zu verhindern. Theresa und ich schnappten uns je eins der Kinder und zogen sie weg von dem Zombie in den Garten des Hauses. Das dankten uns die Kleinen allerdings nur mit noch schrilleren Schreien.

Für einen Moment hatte ich Angst, dass uns der um seinen Abendsnack beraubte Zombie verfolgen würde, aber als ich wieder nach vorne zur Straße schaute, war er verschwunden. Grund zum Feiern gab es allerdings nicht, denn jetzt blickten Theresa und ich in die misstrauischen Augen einer jungen Polizistin, die bereits ihre Waffe zielsicher auf uns gerichtet hatte.

»Ihr.Lasst.Die.Beiden.Jetzt.Sofort.Los«, befahl sie.

»Okay«, antwortete ich.

Theresa und ich ließen die Kinder los. Zu unserer Überraschung liefen sie aber nicht wie erwartet zur Polizistin, sondern zum Eingang des Hauses, in dessen Vorgarten wir standen. Sie hämmerten mit ihren kleinen Fäusten an die Tür. »Mama. Papa. Macht auf. Da sind böse Menschen auf der Straße«, schrien sie.

Einen Moment später wurde die Tür geöffnet. Ein Mann und eine Frau erschienen. Die Kinder suchten Schutz hinter ihren Rücken. Der Mann, wahrscheinlich der Vater der beiden, schaute sich um und sein Blick fiel zum Glück erst einmal nur auf die Polizistin, die mit ihrer Waffe immer noch auf Theresa und mich zielte.

»Können Sie mir bitte erklären, weshalb Sie vor meinen Kindern mit einer entsicherten Waffe herumspielen?«, fragte der Mann mit kontrolliertem Zorn die Polizistin. Die wollte antworten, aber der Mann ließ sie nicht zu Wort kommen. »Sie stecken das Ding jetzt sofort wieder ein und dann werden Sie sich entschuldigen. Und nur wenn Sie das wirklich überzeugend tun, werde ich Sie nicht für zwei Wochen in unbezahlten Urlaub schicken lassen.«

Die Polizistin schaute noch einmal in unsere Richtung, aber Theresa und ich hatten uns mittlerweile hinter einer Hecke versteckt.

Schließlich nickte die Polizistin, schob etwas an ihrer Waffe zur Seite und steckte sie ein. Dann begann sie, den Eltern der beiden Kinder zu erklären, dass ein kostümierter Mann die Kinder erschreckt hätte. Sie hätte helfen wollen und hätte deshalb ihre Waffe gezogen. Dass sie die gleich entsichert hätte, täte ihr sehr leid. Dann sei der Mann verschwunden.

Theresa und mich erwähnte die Polizistin nicht. Vielleicht dachte sie, dass wir bereits geflohen waren. Oder vielleicht hatte sie mittlerweile sogar verstanden, dass auch wir nur hatten helfen wollen.

Die Eltern schienen der Polizistin ihre Geschichte zu glauben. Auch die beiden Kinder nickten. Wahrscheinlich hatte der Zombie sie vorhin so erschreckt, dass sie Theresa und mich gar nicht so richtig wahrgenommen hatten.

Trotzdem wurde die Polizistin erst einmal in das Haus gebeten. Gut, denn jetzt konnten Theresa und ich verschwinden und uns wieder auf den Weg zu Robert und Isabella machen.

Allerdings machte sich ein ungutes Gefühl in meinem Magen breit. Denn der Zombie hatte die beiden Kinder mit eiskalt kalkuliertem Geschick in eine Falle gelockt; und das bedeutete, dass zumindest einige der Exemplare, die heute Nacht durch die Straße schlurften, vielleicht doch über ein gutes Maß an Intelligenz verfügten.

FEINMOTORIK

....

Schließlich kamen wir bei Isabellas Haus an. Ich schaute nach links oben zum Fenster ihres Zimmers. Die Vorhänge verdeckten die direkte Sicht in den Raum, aber der leicht transparente Stoff gab immer noch schemenhaft den Blick auf das Kerzenlicht frei, das verstohlen von der Zimmerdecke reflektiert wurde. Tschaikowskis Schwanensee war bis unten auf die Straße zu hören.

»Darauf steht Isabella. Die Musik, meine ich«, sagte ich zu Theresa.

»Die mag ich auch sehr«, antwortete sie, während wir nach vorne liefen.

Wie zu erwarten funktionierte die Türklingel nicht. Auch Isabellas Haus war von dem Stromausfall betroffen.

Wir gingen wieder ein paar Schritte zurück und ich schaute noch einmal nach oben in Richtung von Isabellas Zimmer. Rufen wollte ich nicht. Das hätte wahrscheinlich nur die Zombies angelockt. Also bückte ich mich, hob einen Kieselstein auf und warf ihn gegen die Fensterscheibe. Es klackerte, aber davon bekamen Robert und Isabella eindeutig nichts mit.

Nachdem ich noch zweimal erfolglos versucht hatte, auf uns aufmerksam zu machen, nahm auch Theresa einen Kieselstein in die Hand. Und das lief – je nachdem, wie man es sah – nicht ganz so glatt. Theresa landete nämlich einen Volltreffer. Es klirrte und die Scheibe ging zu Bruch. Anscheinend verfügte Theresa noch nicht über das notwendige motorische Feingefühl für so ein Manöver.

Trotzdem konnte Theresa die Aktion als klaren Erfolg für sich verbuchen, denn kurze Zeit später schauten Robert und Isabella aus dem jetzt deutlich luftigeren Fenster zu uns nach unten.

Robert schien erst einmal alles andere als begeistert zu sein, dann aber signalisierte mir sein Blick, dass er verstand, dass es einen wirklich guten Grund dafür geben musste, wenn sein bester Freund an Halloween Scheiben einschlägt.

Eine Minute später öffnete Isabella die Tür und ließ uns herein.

»Wahnsinn. Super Kostüm. Das Make-up ist echt der Hammer«, sagte Isabella zu Theresa. Robert aber schaute ihr recht kritisch hinterher.

Isabella führte uns in die Küche und machte das Licht an. Theresa zuckte vor Schreck zusammen. Das Licht blendete sie. Für einen Moment blitzten ihre Augen feuerrot auf und sie stolperte; aber ich konnte sie auffangen.

Während ich ihr half, sich an den Tisch zu setzen, lächelte Theresa mich an. Das Blau in ihren Augen war zurückgekehrt und sie schaute fragend zu dem Küchenlicht.

»Papa hat eine Notstromanlage im Haus installiert«, erklärte uns Isabella. »Möchtet ihr etwas trinken?«

»Ja gerne«, antwortete Theresa. »Aber ohne Kohlensäure. Man weiß ja nie«, ergänzte sie noch und sah mich grinsend an. Sie sah jetzt definitiv mehr süß als sauer aus.

»Ich glaube, wir haben keine sauberen Gläser mehr«, sagte Robert, ohne wirklich im Schrank nachgesehen zu haben. »Ich hole welche aus dem Wohnzimmer. Tim, hilfst du mir?«

»Klar«, antwortete ich und folgte ihm.

»Tim, das soll jetzt nicht falsch herüberkommen. Deine Freundin scheint wirklich unglaublich nett zu sein; und ich bin so happy, dass du jemanden gefunden hast«, flüsterte Robert mir zu, während er betont langsam vier Gläser aus einer Vitrine holte und mir zwei davon in die Hand drückte. »Aber entweder hat sie ein gewaltiges Problem mit Körperpflege oder … oder sie ist ein Zombie?«

Ich nickte. Dann fasste ich allen Mut zusammen. »Sie ist Theresa Neumann.«

»Die Schülerin, die… ? Ja, irgendwie kam sie mir gleich bekannt vor. Aber wie ist sie…?«, fragte Robert überraschend gefasst. Ich hatte den Eindruck, dass er zwar ziemlich verwirrt war, mir aber glaubte. Dafür sind beste Freunde eben da.

»Ich weiß es nicht. Aber sie ist nicht die einzige, die heute Nacht zurückgekehrt ist. Weiter unten machen noch ein paar Dutzend Zombies die Gegend unsicher«, antwortete ich.

»Und die sind alle so nett wie Theresa?«

Ich schüttelte den Kopf. »Nein, definitiv nicht. Theresa ist übergelaufen, nachdem sie mich erkannt hatte. Aber alle anderen folgen immer noch den tödlichen Anweisungen ihres Oberbefehlshabers Mickey Knapp.«

»Weisst du, was die vorhaben? In der Regel wollen Zombies ja apokalyptisches Chaos verbreiten und Hirne fressen.«

»Das stimmt, aber Mickey Knapp hat viel mehr vor. Er greift nach der Weltherrschaft. Allerdings kann sich Theresa nicht mehr an die Details seines Plans erinnern, da sie, na ja, unehrenhaft aus dem Team entlassen wurde.«

»Ich hab' doch gleich gewusst, dass sie nett ist«, sagte Robert und grinste, während wir zurück in die Küche gingen.

»Was sollen wir Isabella sagen?«, fragte ich noch leise.

»Bleiben wir erst einmal bei Halbwahrheiten. Ich liebe Isabella wirklich, aber lass es uns langsam angehen«, flüsterte Robert.

»Okay, Jungs. Was ist los?«, fragte Isabella gut gelaunt, auch wenn uns allen klar war, dass sie ahnte, dass etwas nicht stimmte.

Nachdem wir uns alle an den Küchentisch gesetzt hatten, erzählten wir Isabella, dass weiter unten ein paar Dutzend besoffener Idioten herumlaufen und einiges an Schrecken verbreiten würden. Auch sagten wir ihr, dass Theresa und ich vermuteten, dass diese Typen für den Stromausfall und für den Ausfall der Mobilfunkmasten verantwortlich seien.

»Und wenn es dumm läuft, dann kommen die auch noch hierher«, ergänzte Theresa. »Die Polizei können wir wegen des Netzausfalls ja nicht mehr anrufen. Und selbst wenn wir es könnten. Die rücken doch nicht an, nur weil einer an Halloween eine Begegnung mit einem Zombie meldet.«

»Kommt mit! Ich denke, wir sollten uns die Sache einmal genauer ansehen«, schlug Isabella schließlich vor. Sie schien uns die Geschichte, die wir ihr erzählt hatten, zu glauben. Allerdings musterte sie beim Aufstehen Theresa für einen Moment ziemlich kritisch. Dann aber schien sie zu beschließen, dass man die Freundin des besten Freundes des eigenen Freundes nicht im Regen stehen lässt, wenn sie Hilfe braucht.

• • • •

Isabella führte uns in ihr Zimmer. Dort stand an einer Seite vom Fenster ein ziemlich hochwertig aussehendes Teleskop. »Das hat mir mein Vater geschenkt, als ich in der Grundschule ziemlich krank wurde. Zum Ansehen der Sterne. Zum Träumen und zum Wünschen, was ja auch in Erfüllung gegangen ist«, sagte sie zu Theresa. Dann montierte sie etwas vorne an die Linse.

»Und das ist ein... ?«, fragte Theresa.

»Ein Nachtsichtgerät. Ziemlich empfindlich«, antwortete Isabella und blickte durch das Teleskop.

»Okay, ihr habt recht. Da laufen so um die 50 Idioten durch die Straße und versuchen, in die Häuser zu gelangen, aber sie schaffen es nicht. Hmm, irgendwie gehen die alle zur selben Zombie-Stilberatung. Echt scary, oder ... oder sind das etwa wirklich... ?«

Isabella drehte sich um und sah Theresa an. Erst fragend. Dann kritisch. Schließlich ängstlich.

»Sie gehört zu den Guten«, versicherte ich Isabella.

»Aber wie? Das geht doch gar nicht. Ihr wollt mich veralbern, oder?«

Theresa sah Isabella an, hob einen gespitzten Bleistift auf, der auf dem Schreibtisch lag, und rammte sich den von innen in die Handfläche. Die Spitze schoss auf der anderen Seite wieder heraus. Schwarzes öliges Blut quoll hervor.

Theresa schien erst einmal starke Schmerzen zu spüren, denn ihre Augen färbten sich rot und für einen Augenblick verwandelte sich ihr Gesicht in eine verzerrte Fratze. Dann aber schienen die Schmerzen wieder nachzulassen und meine Theresa kehrte zurück.

»Ja, es stimmt«, sagte Theresa zu Isabella, während sie den Bleistift wieder aus ihrer Handfläche zog und in den Papierkorb warf. »Nur gehen wir wegen des Make-ups nicht zur Stilberatung, weil, na ja, weil es nun einmal kein Make-up ist.«

Isabella wollte schreien, aber Robert nahm ihre Hand. »Hey, du weißt doch, dass Tim nur mit einem wirklich netten Mädchen ausgehen würde.«

»Mit einem Mädchen, das so nett ist, wie du«, sagte Isabella schließlich zu Theresa und lächelte. Das Eis war gebrochen.

Wir setzten uns alle im Kreis auf den Boden. Jetzt war es an der Zeit, etwas gegen die bevorstehende Zombie-Apokalypse zu unternehmen. Wir erzählten Robert und Isabella alles, was wir wussten.

»Okay. Ein Schritt nach dem anderen«, sagte Isabella nach ein paar Schweigesekunden und schaute zu Theresa. »Erst einmal sollten wir deine Wunde verbinden.«

»Nicht nötig. Es tut schon lange nicht mehr weh«, antwortete Theresa und hielt ihre Hand hoch. Die Verletzung, die sie sich eben mit dem Bleistift zugefügt hatte, war praktisch verschwunden. Nur eine kleine Narbe war übrig geblieben und auch die schien bereits wieder zu verblassen.

Während ich Theresa zuhörte, war ich froh, dass sie mittlerweile normal sprechen konnte. Nichts mehr in ihrer Stimme ließ erkennen, dass sie ein Zombie war. Nur das Laufen fiel ihr noch nicht so leicht. Sie hatte oft Schwierigkeiten, die Balance zu halten, und vielleicht kam sie auch immer mal wieder etwas unaufmerksam und unkoordiniert daher.

Ein Leuchten riss mich aus meinen Gedanken. Isabella schaute auf das Display ihres Smartphones, das sie gerade angeschaltet hatte. Sie schien leicht irritiert zu sein.

»Immer noch kein Signal?«, fragte ich.

»Nein. Nicht wirklich. Ich habe sogar einen schwachen Empfang. Das hätte ich nicht gedacht. Aber wartet! Ich glaube, ich kann es erklären.«

Isabella rief eine App auf ihrem Smartphone auf und studierte eine stilisierte Landkarte.

»Auf der Grafik hier wird der Status aller Funksender in unserer Nähe angezeigt«, erklärte uns Isabella. »Der Hauptmast für die Mobilfunkversorgung in unserer Straße steht unten beim Friedhof; und der ist wirklich komplett ausgefallen. Mal sehen...«

Isabella stand auf und schaute wieder durch ihr Teleskop. »Ja, genau so habe ich mir das gedacht. Fünf Freunde von Mickey Knapp haben die Wartungsplattform des Mobilfunk-Sendemasts am Friedhof besetzt und dort ein ziemliches Chaos angerichtet. Die ganze Elektronik ist im Eimer; und stimmt ... du hast recht, Tim. Denen macht es ja wirklich einen Heidenspaß, den paar LEDs, die noch funktionieren, beim Leuchten zuzusehen. Fast schon niedlich, wie die sich freuen, aber ... aber, nein ... Junge, berühr jetzt bloß nicht das blanke Kabel für den Notstrom, sonst ... autsch.«

Etwas blitzte spiegelnd in Isabellas Pupille auf. Sie lächelte verschmitzt. »Okay, hier sind gleich zwei gute Nachrichten«, sagte sie frech, während sie zweimal blinzelte. »Die sind echt alle ziemlich doof und außerdem nicht immun gegen Elektrizität. Der Kerl eben ging ab wie an Sylvester.«

»Es gibt sogar noch mehr gute Nachrichten. Ich weiß jetzt, warum wir hier noch 15 % Empfang haben«, sagte Isabella, nachdem sie sich wieder zu uns gesetzt und einen letzten prüfenden Blick auf das Display ihres Smartphones geworfen hatte. »Der Sekundärmast oben auf dem Hügel über der Stadt funktioniert noch. Hmm, was meint ihr? Sind die Zombies da bisher einfach nur noch nicht hingekommen, oder haben die ihn absichtlich in Betrieb gelassen?«

»Ich glaube, das ist Absicht«, antwortete ich. »Theresa denkt, dass Mickey etwas mit einer Passagiermaschine vorhat.«

»Verdammt, das macht Sinn«, fluchte Isabella. »Alle Mobilfunkmasten besitzen ein Wartungsterminal. Mit dem hat man vollen Internetzugang. Natürlich auch zum Intranet der Deutschen Flugsicherung. Theoretisch könnten sich die Zombies da hereinhacken und allen Flugzeugen im deutschen Luftraum Anweisungen geben. Aber zum Glück braucht man dafür ein Passwort, das unter Garantie hyper komplex ist und…«

»Rosebud«, schlitterte es auf einmal aus Theresa heraus, während ihre Augen blass wurden. Dann schrie sie vor Schmerz auf und brach zusammen. Sie schubste dabei aus Versehen eine gläserne Schneekugel vom Tisch. Die fiel auf den Boden und zersplitterte.

Als Theresa eine halbe Minute später wieder zu sich kam, konnte sie sich nicht mehr daran erinnern, was sie gerade eben gesagt hatte. Alles, was sie einmal über Mickey Knapps Plan gewusst hatte, war endgültig aus ihrem Gedächtnis gelöscht worden.

»Rosebud?«, fragte Robert. »Sind die echt so leichtsinnig?«

»Vielleicht auch ganz besonders schlau. Welcher Hacker kommt denn schon auf die Idee, dass ein simples Wort wie 'Rosebud' ein hochsensibles Netzwerk wie das der Deutschen Flugsicherung schützt. Das ist echt genial«, antwortete Isabella. »Und einen Versuch ist es wert. Also, auf zu dem Mobilfunkmast! Worauf warten wir noch?«

»DARF ICH MAL DEINEN FÜHRERSCHEIN SEHEN, KLEINE?«

••••

Gerade als wir Isabellas Zimmer verlassen wollten, schaute sie zu Theresa und meinte, dass das so nicht ginge. Dann warf sie Robert und mich raus.

15 Minuten später öffnete Isabella wieder die Tür, ließ uns herein und präsentierte uns die neue Theresa. Sie war wunderschön. Sie trug ein türkisfarbenes Ballkleid, ihre Haare waren nicht mehr verklebt und die meisten Dreck- und schwarzen Blutspuren waren aus ihrem Gesicht verschwunden.

»Ich habe das Kleid geliebt, bin aber vor zwei Jahren herausgewachsen. Schön, dass es noch einmal Verwendung findet«, sagte Isabella.

Dann machten wir uns los.

••••

Wir liefen nach unten ins Erdgeschoss, aber nicht gleich raus. Isabella bog erst einmal in das Arbeitszimmer ihres Vaters ab, ging zu dem Tresor an der hinteren Wand und gab einen Code ein.

»Offiziell kenne ich die Kombination nicht, aber da ich sie vor ein paar Monaten selbst geknackt habe, ist das okay«, sagte Isabella, während sie die Tür des Tresors öffnete und einen Satz Autoschlüssel aus dem Fach herausnahm. Dann verließen wir das Haus.

Draußen auf der Straße drückte Isabella den Türöffner auf dem Funkschlüssel und blickte sich um. Nur ein paar Meter entfernt leuchtete ein Paar von Blinkern zweimal auf und wir gingen zu einem viersitzigen roten Pick-up.

»Mein Geburtstagsgeschenk. Nicht mehr der jüngste, aber cool. Fahren darf ich ihn natürlich erst, wenn ich die Führerscheinprüfung bestanden habe«, erklärte uns Isabella gut gelaunt.

»Und das Beste ist«, ergänzte Robert geheimnisvoll grinsend, »dass auf der Ladefläche hinten zwei flauschige Schlafsäcke Platz haben. Die sind schon verstaut. Der nächste Sommer kann kommen. Wir sind bestens vorbereitet.«

Ich schaute zu Theresa. Sie lachte.

Am Wagen angekommen, stiegen wir ein. Theresa und ich hinten, Robert auf dem Beifahrer- und Isabella auf dem Fahrersitz.

»Nicht so schnell. Ihr kommt da erst einmal alle wieder raus. Und wenn ihr mich heute Nacht noch so richtig überraschen möchtet, dann zeigt mir die junge Dame am Steuer gleich ihren Führerschein«, rief uns eine Stimme zu, gerade als Isabella dabei war, den Zündschlüssel umzudrehen. Ich blickte aus dem Fenster. Die Polizistin, der wir vorhin begegnet waren, stand ein paar Meter vor dem Wagen. Sie war *not* amused. Aber wenigstens hatte sie diesmal ihre Waffe nicht gezückt.

Wir stiegen wieder aus dem roten Pick-up aus und sahen die Polizistin an. Die streckte fordernd ihre Hand nach vorne. Isabella verstand und gab ihr die Zündschlüssel.

Während ich noch überlegte, wie es weitergehen sollte, blubberte aus Theresa auf einmal in einem Anfall von vielleicht etwas übertriebener Ehrlichkeit alles heraus. Sie erzählte der Polizistin die ganze Geschichte.

»Mädchen, ich kann dir gar nicht sagen, wie froh ich bin, dass du keine Anstalten gemacht hast, den Wagen zu fahren. Aber um einen Drogentest kommst du nicht herum«, war die nicht wirklich beeindruckte Antwort der Polizistin. Dann ging sie zu Theresa, fasste sie vorsichtig am Arm und sah ihr ins Gesicht. Auf einmal zögerte sie.

»Bist du die Schwester von der Kleinen, die vor einem Jahr…? Komm, Süße, mach heute Nacht bitte keinen Unsinn. Tu das deinen

Eltern nicht an«, sagte die Polizistin zu Theresa. Sie klang jetzt definitiv besorgt, aber auch verunsichert.

Das nutzte Theresa aus. Sie schnappte sich die Dienstwaffe der Polizistin und hielt sie in die Luft. Die Polizistin ging auf Abstand. »Wie entsichere ich eine Waffe?«, rief Theresa Isabella zu. Die hatte tatsächlich eine Antwort.

»Meine Freundin ist ein Genie«, sagte Robert, während Theresa mit entschlossenem Blick Isabellas Anweisungen folgte.

»Kleine, ich verstehe, dass heute ein ganz schrecklicher Tag für dich und deine Familie sein muss. Und wenn du jetzt gleich die Waffe auf den Boden legst und ein paar Schritte zurückgehst, dann vergesse ich, was du die letzten zehn Sekunden hier gerissen hast. Das verspreche ich dir. Du hast mein Wort«, sagte die Polizistin zu Theresa.

»Das kann ich nicht«, antwortete Theresa und schoss sich zweimal in den Bauch.

Die Kugeln durchdrangen Theresas Körper und schlugen hinter ihr im Asphalt ein. Theresas Augen glühten feuerrot auf. Für 15 Sekunden giftete uns die widerliche Fratze an, in die sich Theresas Gesicht verwandelt hatte. Theresa musste schreckliche Schmerzen spüren. Sie schrie voller Verzweiflung, aber nach weiteren 15 Sekunden schien alles wieder vorbei zu sein. Theresas Gesichtszüge entspannten sich. Das Blau kehrte in ihre Augen zurück.

Schwarzes öliges Blut quoll noch für eine Weile aus den Wunden hervor, dann aber begannen die Verletzungen im Zeitraffertempo zu heilen.

Theresa drehte die Waffe in ihrer Hand um und gab sie – mit dem Griff nach vorne gerichtet – der Polizistin. »Keine Angst. Sie können sich nur infizieren, wenn ich Sie beiße. Nur dann würden auch Sie ein Zombie werden. Und dass so etwas den Menschen in dieser Stadt heute Nacht nicht passiert, das ist unser Ziel. Mit oder ohne Führerschein. Denken Sie, Sie könnten da vielleicht mal ein Auge zudrücken?«

»Dann bist du wirklich Theresa Neumann?«, fragte die Polizistin.

Theresa nickte. Einen Moment später bekam Isabella ihre Autoschlüssel zurück.

BRINGER DER APOKALYPSE

••••

Fünf Minuten später kamen wir bei dem Mobilfunkmast auf dem kleinen Hügel vor der Stadt an. Der runde Betonkörper des Masts streckte sich ungefähr 30 Meter in den Himmel. Auf einer Höhe von 20 Metern schlang sich eine drei bis vier Meter breite Wartungsplattform vollständig um den Mast herum. Diese Wartungsplattform konnte man vom Boden aus über eine Leiter erreichen.

Noch einmal ein gutes Stück weiter oben, wahrscheinlich gerade einmal ein oder zwei Meter unter der Spitze, war eine zweite, eine wesentlich kleinere rechteckige Wartungsplattform seitlich an den Körper des Mobilfunkmasts montiert. Auf dieser standen drei oder vier Antennen; und so wie es aussah, hatte dort oben wahrscheinlich nur eine einzige Person Platz. Eine kleine filigrane Leiter führte von der ersten zur zweiten Wartungsplattform.

Viel mehr konnte ich von hier unten aus nicht erkennen. Nur noch ein paar Technikkästen, die mit leuchtenden LEDs auf der ersten Wartungsplattform standen. Und Moment! Da war ein Schatten! Der bewegte sich! War das eine Person? Vielleicht war es sogar…?

Ich wurde abgelenkt. Von weit entfernt sahen wir ein paar Blitze und hörten Donner. »Wie in einem schlechten Groschenroman«, fluchte die Polizistin, die sich uns mittlerweile als Polizeikommissarin Sarah Schreiber vorgestellt hatte. Einfach nur 'Schreiber', sollten wir sie nennen.

Schließlich holte Schreiber ein Fernglas aus dem Handschuhfach ihres Polizeiwagens und sah in Richtung der Person auf dem Wartungsmast.

»Ich glaube es nicht. Das ist wirklich Mickey Knapp. Oder das, was von dem Idioten übrig geblieben ist. Was macht der da?«

»Kennen Sie ihn persönlich?«, fragte Theresa.

»Nein. Nur aus den Erzählungen meiner Mutter. Mickey hatte sie in der Schule ständig anzüglich angemacht und später auch noch einschlägig bedroht. Außerdem war sie die Aushilfe gewesen, die in der Tankstelle mitansehen musste, wie sich der Kerl innerhalb von nur zwei Sekunden erst selbst erschlagen und dann auch noch erschossen hat. Sie kam anschließend für eine ganze Weile in Behandlung, aber nachdem sie meinen Vater kennengelernt hatte, ging es ihr wieder besser. Wegen der ganzen Geschichte findet es meine Mutter übrigens super, dass ich Polizistin geworden bin. Hmm, nur frage ich mich jetzt wirklich, was Mickey da oben an der Technik macht. Hast du eine Idee?«, fragte Schreiber Isabella und gab ihr das Fernglas.

Isabella schaute durch und fluchte. »Mickey hat den Wartungskasten aufgebrochen und dessen Interface mit einem Tablet-PC verbunden. Das ist nicht gut, denn jetzt kann sich Mickey in jedes Telefon- und Datennetz auf diesem Planeten einloggen … und das scheint er auch gerade zu tun. Er hat ein Headset aufgesetzt und redet mit jemandem. Nein, es sieht eher so aus, als ob er Befehle gibt … und … und das war's. Er hat aufgelegt. Auf jeden Fall mache ich mir um den Weltfrieden jetzt deutlich mehr Sorgen als noch vor fünf Minuten.«

Schließlich hörten wir Mickey lachen und konnten sogar von hier unten aus erkennen, wie er dem Himmel den Stinkefinger zeigte und sich dabei sehr freute.

Auch eine Art 'Mission Accomplished' zu sagen, dachte ich. Dann bückte sich Mickey und nahm eine Metallstange in die Hand, die neben ihm auf dem Boden gelegen hatte. Er holte aus.

»Er zielt auf das Interface«, schrie Isabella.

»Tun Sie was«, bettelte Theresa Schreiber an. »Holen Sie ihn da runter.«

»Ich kann doch nicht…«

»Er ist doch schon tot. Glauben Sie mir. Damit kenne ich mich aus. Aber wenn Mickey es schafft, das Interface zu zerstören, dann werden wir niemals erfahren, was er vorhat. Dann sind alle Spuren verwischt. Bitte. Er will Menschen tö–«, schrillte Theresa verzweifelt.

Schreiber schoss.

Einen Moment bevor Mickey den Wartungskasten zerstören konnte, traf Schreibers Kugel ihn in die rechte Schulter. Er ließ die Metallstange fallen. Sie knallte auf den Gitterboden der Wartungsplattform.

Die Wucht des Aufpralls riss Mickey zur Seite. Er wurde über den Rand der Absperrung geschleudert. »Yippie-ya-yaaaay«, rief er ziemlich fröhlich, während er nach unten stürzte und in einem Busch neben dem Sendemast landete. Irgendetwas mit fünf Zehen dran flog dabei hoch in die Luft und verschwand gleich wieder.

Mit gezogener Waffe in der einen und einer nach vorne gerichteten Taschenlampe in der anderen Hand lief Schreiber vor uns in Richtung des Sendemasts. Als wir fünf Meter vor ihm standen, sprang Mickey aus dem Gebüsch. Sein Kopf hing schief zur Seite und er hielt seinen abgerissenen linken Fuß in der Hand. »Ich hätte nie gedacht, dass es einer nötig hat, das Affengesicht zu vögeln. Was dabei rausgekommen ist, sieht man ja an dir«, rief Mickey frech provokant Schreiber zu. Dann lachte er dreckig, schob seinen Kopf wieder zurecht und lief in den Wald. Immer noch erschreckend schnell.

»Und jetzt?«, fragte Robert.

»In ein paar hundert Metern kommt eine Abzweigung. Dann muss Mickey sich entscheiden: noch tiefer rein in den Wald oder zurück zum Friedhof. Ich denke, ich weiß, welche Option er wählt«, antwortete Schreiber.

»Und dann kommt er garantiert nicht mehr alleine zurück«, sagte ich in die Runde.

»Wir müssen sofort herausfinden, was Mickey da oben gemacht hat«, sagte Isabella, rannte nach vorne und kletterte die Leiter hoch, die zur ersten Wartungsplattform des Sendemasts führte. Theresa und ich folgten ihr. Robert und Schreiber blieben erst einmal unten auf der Wiese.

••••

»Ich verbinde mich jetzt über NFC mit dem Interface des Wartungsmoduls«, sagte Isabella, nachdem wir alle oben angekommen waren und sie ihr Smartphone gezückt hatte. »Okay. Das Interface funktioniert noch. Mickey hat es nicht geschafft, es zu zerstören. Das ist prima, aber ... Mist! ... Mickey hat tatsächlich Kontakt mit der Deutschen Flugsicherung gehabt. Das ist gar nicht gut. Aber wieso weiß ein Vollpfosten wie Mickey Knapp das alles?«, fragte Isabella und blickte zu Theresa.

»Herdenmentalität. Alle Zombies sind miteinander verbunden. Jeder weiß, was der andere weiß. Wenn also einer der Untoten mal als Techniker bei einer Mobilfunkfirma gearbeitet hat, dann hat Mickey das ganze Wissen dieser Person in seinem Kopf. Und falls auch noch ein ehemaliger Mitarbeiter der Flugsicherung seiner Truppe angehört, dann kann Mickey mit all diesen Informationen sehr viel Schaden anrichten. Das wird er auch tun. Ich ... ich weiß nur nicht mehr wie. Er hat mich ja gefeuert.«

»Du hast gekündigt«, korrigierte ich Theresa.

»Das stimmt. Außerdem haben wir mittlerweile einiges in Erfahrung gebracht«, ergänzte Isabella optimistisch. »Und die paar Puzzleteile, die uns im Moment noch fehlen, die werden wir auch noch finden.«

Isabella blickte auf das Display ihres Smartphones, öffnete einen Browser mit lilafarbener Oberfläche und tippte für eine Weile auf einer virtuellen Tastatur herum. Schließlich erschien die Log-in - Seite der Deutschen Flugsicherung. Isabella atmete ein und aus. Dann gab sie das Passwort ein.

»*Rosebud*. Das ist wirklich zu verlockend, um wahr zu sein. Gleich werden wir es wissen. Ich hoffe nur, dass mein VPN smart genug ist. Sonst steht so oder so das Bundeskriminalamt morgen früh vor meiner Tür.«

Ein paar Sekunden lang geschah nichts. Nur ein gelbes Icon pulsierte sanft warnend vor sich hin. Und dann … grün. Das Icon färbte sich grün. Isabella hatte es geschafft. Wir waren mit der Deutschen Flugsicherung verbunden. Mehrere sich langsam bewegende Icons, die wahrscheinlich Flugzeuge im deutschen Luftraum repräsentierten, erschienen auf dem Display von Isabellas Smartphone. Mickey Knapp war uns zwar immer noch einen Schritt voraus, aber wir holten auf.

Zwei Minuten lang betrachte Isabella mit voller Konzentration das Geschehen. Sie verschob die Ansicht der Karte, zoomte herein und wieder heraus und studierte ein paar Tabellen.

»Ich kann nicht viel erkennen und falls sich Mickey tatsächlich hier eingeloggt hat, dann hat er das Protokoll gelöscht. Aber diese Passagiermaschine hier, die hat gerade ein Manöver beendet, das nicht wirklich Sinn macht. Sie wurde schneller und hat ihren Kurs um ein paar Grad geändert. Hmm, gebt mir einen Moment.«

Isabella öffnete einen neuen Tab im Browser ihres Smartphones und wechselte auf die Seite der ESA. Sie lud eine Datei herunter und rief ein ziemlich komplex aussehendes Rechenprogramm auf. Nach einer halben Minute blinkte ein rotes '99,997 % Wahrscheinlichkeit' – Symbol auf. Das sah nicht gut aus. Isabella wurde bleich.

»Habt ihr von dem Meteoriten 2018 VP1 gehört, der nach einer ersten Berechnung die Erde am 2. November 2020 treffen sollte, uns aber schon heute Nacht beglücken wird. Ein paar Sonnenwinde haben ihn beschleunigt.«

»Ja, aber der soll doch absolut harmlos sein. Und hieß es nicht, dass er ohne Schaden anzurichten ein paar Kilometer vor der deutschen Küste friedlich in die Nordsee stürzen wird?«, antwortete ich. Dann aber machte ich eine Pause, weil mir langsam aber sicher klar wurde, was Mickeys Plan war.

Isabella nickte. Ihr Gesicht war versteinert. »Mickey hat die Passagiermaschine durch die Kursänderung auf Kollisionskurs mit dem Meteoriten geschickt. Ein Airbus A380. Mit Crew sind da mehr als 800 Menschen an Bord.«

»Damit wird Mickey die Apokalypse einleiten«, sagte Theresa. »Jetzt ergibt alles einen Sinn. Zu Lebzeiten war Mickey ein Bully. Er hatte gelernt, die Angst anderer für sich zu nutzen. Je mehr man sich vor ihm gefürchtet hatte, desto besser hatte er sich gefühlt. Desto mächtiger war er geworden. Wenn jetzt ausgerechnet an Halloween eine Passagiermaschine mit einem Meteoriten zusammenstößt und 800 Menschen in den Tod reißt, dann werden Verschwörungstheoretiker das ausschlachten und überall für Panik sorgen. Dadurch bekommt Mickey weltweiten Zugriff und kann überall die Zombies aus den Gräbern holen. Das ist das Ende. Entweder wird jeder zerfleischt...«

»...oder früher oder später drückt jemand aus Verzweiflung auf den roten Knopf. Können wir die Maschine umleiten?«, fragte ich und sah Isabella an.

»Ja. Noch haben wir Zeit, einen sicheren Kurs zu berechnen«, antwortete sie.

Schüsse fielen. Isabella zuckte vor Schreck zusammen. Ihr Smartphone rutschte ihr aus der Hand, aber ich schaffte es gerade noch, es aufzufangen. Ich gab Isabella ihr Smartphone zurück und lief dann mit Theresa zum Rand der Wartungsplattform. Wir schauten nach unten.

Angeführt von Mickey Knapp, der auf einem wahrscheinlich geklauten Mofa knatternd heranbrauste und dabei seinen abgerissenen Fuß hochhielt und mit ihm wie mit einer Trophäe wedelte, näherte sich eine Armee von knapp fünfzig Untoten dem Mobilfunkmast.

Zum Glück hatten sich Robert und Schreiber bereits in Sicherheit gebracht. Sie waren auf die Leiter zur Wartungsplattform geklettert und schon bis zur Hälfte hochgestiegen.

Zwei Zombies wollten ihnen folgen, aber Schreiber schoss ihnen in die Köpfe. Die zerplatzten in einer Wolke aus schwarzem öligen Blut. Dann platschten ihre leblosen Körper auf den Boden und lösten sich auf.

Viel Zeit hatten Robert und Schreiber dadurch nicht gewonnen, denn zwei weitere Zombies waren bereits dabei, ungelenk die Leiter hochzuklettern.

»So viel Munition habe ich nicht«, rief uns Schreiber zu und schaute wütend zu dem sich nähernden Heer.

»Ein paar Meter unter Ihren Füßen. Die beiden Verbindungspunkte an der Seite!«, rief Robert Schreiber zu.

Schreiber schien zu verstehen und schoss zielsicher links und rechts auf die rechteckigen Verankerungen der Seitenstangen der Leiter. Metall zerbarst. Die unteren drei Meter der Leiter wurden aus der Halterung herausgerissen. Das Metallgestänge kippte dabei zur Seite und riss die beiden Zombies mit nach unten. Sie wurden beim Aufschlag von einer Sprosse geköpft. Auch ihre Körper verschwanden nach nur wenigen Sekunden.

Trotzdem versammelten sich sofort fünf andere Zombies bei der Leiter und versuchten, nach deren unterem Ende zu greifen. Das aber schwebte für sie nun unerreichbar drei Meter über dem Boden.

»Lasst uns nur hoffen, dass da keine ehemaligen Cheerleader mit Teamspirit dabei sind. Dann bauen die nämlich eine Pyramide und wir sind in zwei Minuten erledigt«, sagte Isabella.

Schließlich kamen Robert und Schreiber auf der Wartungsplattform an. Ich half ihnen und schaute noch einmal nach unten. Die Lücke, die durch das abgeschossene Ende der Leiter entstanden war, blieb für die Zombies weiterhin ein Hindernis, das sie nicht überwinden konnten. Allerdings begannen zwei Dutzend von ihnen mehr oder weniger gut koordiniert seitlich am Körper des Mobilfunkmasts hochzurutschen. Da dieser aus rauem Beton bestand, kamen sie zwar langsam aber dennoch ziemlich sicher voran. Noch ein paar Minuten. Mehr Zeit hatten wir nicht, um 800 Leben zu retten und dadurch das Ende der Welt zu verhindern.

Wir hörten einen Knall. Vielleicht 200 Meter von dem Sendemast entfernt schlug ein Blitz in den Boden ein. Vier Zombies wurden von der Wucht der Naturgewalt in die Luft geschleudert und explodierten in Form eines ploppenden Kugelblitzes.

Dann begann es auch noch, zu regnen.

Schreiber fluchte.

»Wenn ein Blitz in den Mast einschlägt, dann sind wir alle tot«, warnte uns Isabella und schaute sich mit entschlossener Panik um. »Nein. Wartet. Die innere Fläche der Wartungsplattform ist aus Gummi. Da passen wir alle drauf; und die kleine Plattform oben schützt uns auch erst einmal halbwegs vor dem Regen. Wenn wir dann nichts anfassen, sind wir sicher. Also Hände weg vom Körper des Masts und erst recht von allen Metallteilen, die mit ihm verbunden sind.«

Wir stiegen auf die Gummifläche und Theresa, Isabella und ich stellten uns wieder vor das Wartungsterminal.

»Kann man sich über das Terminal noch einmal mit der Flugsicherung verbinden? Und kann ich vielleicht sogar mit der umgeleiteten Maschine sprechen?«, fragte ich Isabella.

»Ja«, antwortete sie. »Was möchtest du denen sagen?«

»Ein bisschen Wahrheit und ein bisschen Fantasie. Immerhin sind wir heute Abend nur so weit gekommen, weil ich euch allen ehrlich erzählt habe, dass meine Freundin ein Zombie ist.«

Ich schluckte, denn das war gerade ziemlich direkt gewesen und wahrscheinlich hätte ich erst einmal Theresa fragen sollen, wie sie den Status unserer Beziehung definierte. Aber sie lächelte mich nur verträumt an und gab mir Isabellas Smartphone. »Zeig es ihnen, Tiger.«

»Das Rufzeichen des Flugzeugs ist Airbus NTTD 1211. Eine deutsche Maschine, wenn ich das richtig sehe«, sagte Isabella noch zu mir.

Ich drückte das grüne Sprechsymbol auf dem Display von Isabellas Smartphone. Es ging los.

»Airbus NTTD 1211. Hier ist die Flugkontrolle. Wir müssen Sie noch einmal um eine Korrektur bitten. Bitte verlangsamen Sie Ihre Geschwindigkeit um 20% und kehren Sie auf Ihren ursprünglichen Kurs zurück.«

Ich wartete. Nichts geschah. Keine Antwort. Keine Spur von einer Kursänderung war zu erkennen. Ich nahm ein weiteres Mal Kontakt auf.

»Airbus NTTD 1211. Hier ist noch einmal die Flugkontrolle. Ein paar Idioten haben sich am Nordseestrand versammelt und reden sich ein, dass dort gerade die Zombie-Apokalypse stattfindet. Die Kerle ballern mit Laserpointern durch die Gegend. Allerdings nicht mit denen, die man im Schreibwarenladen kaufen kann. Keine Ahnung, wo die die geklaut haben.«

»Flugkontrolle. Hier ist Airbus NTTD 1211. Wir haben verstanden. Noch ein schönes Fest; und seht zu, dass die Kerle da unten Saures bekommen.«

Die Verbindung wurde beendet. Wir schauten auf das Display von Isabellas Smartphone. Erst einmal geschah nichts, aber nach einer halben Minute wurde Airbus NTTD 1211 langsamer und änderte den Kurs. Es bestand keine Kollisionsgefahr mehr mit dem Meteoriten 2018 VP1.

»Wir haben es geschafft«, rief Theresa glücklich.

Die Zombies aber auch, denn die ersten zwei waren in der Zwischenzeit erfolgreich den Sendemast hochgeklettert und krochen auf die Wartungsplattform. Schreiber zückte ihre Waffe und schoss den beiden in den Kopf. Sie wurden nach hinten über den Rand der Plattform geschleudert. Zuerst zerplatzten ihre Köpfe, dann ihre Körper und zum Schluss ihre Augen in einem Schwall von schwarzem Blut.

Einen Moment später schlugen wieder Blitze nahe dem Mobilfunkmast in den Boden ein. »Nach hinten. Auf die Gummimatte. Nur dort sind wir sicher«, befahl Isabella.

Ich ging zwei Schritte zurück und blickte mich um. Die Zombies hatten den Moment der Verwirrung ausgenutzt. Auf einmal standen fünf von ihnen direkt vor uns und zehn weitere Untote krabbelten als verstärkende Angriffswelle auf die Wartungsplattform.

»So viel Munition habe ich nicht«, sagte Schreiber.

Das war also das Ende. Aber zumindest hatten wir die Welt gerettet. Ich hielt Theresas Hand.

Zu unserer Überraschung griffen die fünf Zombies, die uns in die Ecke gedrängt hatten, nicht an. Sie schienen auf etwas zu warten. Und als schließlich Mickey Knapp die Wartungsplattform betrat, wussten wir, auf wen.

»Langsam, Jungs. Langsam. Lasst mich erst ein bisschen Spaß mit dem blonden Goldschatz hier haben«, sagte Mickey, während er auf uns zukam. »Na, mein flotter Feger. Heute schon brav zu Abend gegessen?«, sagte Mickey dreckig und hielt Isabella seinen abgerissenen Fuß vors Gesicht. Dann packte seine linke Hand Isabellas Kinn. Er drückte zu. »Mach dein Maul auf, du dumme Schlampe!«

Schreiber wollte ihre Waffe ziehen, aber ein Zombie packte sie am Arm. Seine Kumpels grunzten sie erst warnend an und öffneten dann ihre Mäuler. Was sie als Nächstes tun würden, war klar.

»Wartet«, fauchte Mickey und…

Einen Moment lang war Mickey abgelenkt. Das nutzte Theresa aus. Aus dem Augenwinkel heraus sah ich, wie sie die Metallstange aufhob, mit der Mickey vorhin das Interface des Kommunikationsterminals zerstören wollte. Dann glühten Theresas Augen feuerrot auf. Ihr zierlicher Körper schien auf einmal über unglaubliche Kräfte zu verfügen. Ihr Geist über noch mehr Entschlossenheit. Sie holte aus und schlug Mickey seinen Fuß aus der Hand. Dann rammte sie ein Ende der Metallstange in Mickeys Mund. Es platzte wieder aus seinem Hinterkopf hervor. Irgendetwas, das schwarz und schlabberig war, flog durch die Gegend und landete schmatzend in den Gesichtern der umherstehenden Zombies.

Jetzt zog Theresa die Stange wieder aus Mickeys Mund heraus, drehte sie um 90 Grad und rammte sie ihm quer in den Bauch. Er wurde weggeschleudert, fiel dabei auf den Bauch und schlitterte haltlos über das mittlerweile nass-rutschige Gitter der Wartungsplattform. Schwarzes Blut quoll aus seinem Mund hervor und hinterließ eine echt widerlich aussehende Spur.

Mickeys Körper näherte sich dem Rand der Wartungsplattform. Noch 30 Zentimeter, dann ... verdammt ... Mickey hatte es gerade noch geschafft, sich festzuhalten. Er stand wieder auf und wir konnten dabei zusehen, wie die Wunde in seinem Mund verheilte. Allerdings hatte Theresa ein paar Zähne erwischt und die wuchsen anscheinend nicht sofort wieder nach. So etwas konnte ein Zombie garantiert nicht gebrauchen. Die Sache mit dem Biss zum Morgengrauen war für Mickey erst einmal gelaufen.

Zwei Blitze schlugen nur ein paar Meter entfernt vom Sendemast ein. Böiger Wind kam auf. Wir mussten uns festhalten.

»Keiner rührt die verfaulte Ratte an. Die gehört mir«, knurrte Mickey, während er auf Theresa zuging. Noch zwei Meter...

»Wünsch mir Glück. Ich liebe dich. Ich werde dich niemals vergessen. Vergiss mich bitte auch nicht«, sagte Theresa und küsste mich auf die Wange. Dann drehte sie sich um, kletterte die zweite Leiter hoch und stieg auf die kleine Antennenplattform über uns. Sie riss den linken Arm nach oben und hielt die Metallstange hoch in den Himmel. Mit ihrer rechten Hand packte sie das Metallgitter.

»Alle auf die Gummimatte. Sofort!«, schrillte Isabella.

Ich drehte mich zur Seite. Wollte die Leiter hoch zu Theresa klettern, aber Roberts Hand packte mich fest an der Schulter und ließ mich nicht los. Ich hasste ihn dafür, auch wenn ich wusste, dass er mir damit das Leben rettete.

Trotz des immer lauter prasselnden Regens hörte ich nur noch Stille. Ich schaute nach oben zu Theresa. Wie in Zeitlupe wehte der Wind flatternd durch ihre langen schwarzen Haare und ihr Kleid.

Der Blitz schlug ein. Theresa wurde von einem gleißenden Licht eingehüllt; und während sich ein ringförmiger, leuchtender Strahl pfeilschnell um uns herum ausbreitete, lösten sich die verbliebenen Untoten, die ja alle nicht auf der Gummimatte gestanden hatten, kugelblitzartig vor unseren Augen auf. Nichts blieb mehr von ihnen übrig.

Auch unten am Boden blitzte es überall. Wir ... nein ... Theresa hatte die Armee der Zombies besiegt.

Nur nicht Mickey. Der war immer noch da. Er lag zwar ziemlich angeschlagen vor uns auf dem Gitter der Wartungsplattform, aber er hatte 'überlebt'.

Mickey wollte aufstehen, aber er schaffte es nicht. Seine Beine hatten keine Kraft mehr. Langsam kroch er auf uns zu.

Mickey sah mich an. Er streckte die Hand nach mir aus. »Ich habe doch schon immer gesagt, dass man Ratten und Kröten und deren Brut zertreten muss. Und du, kleines Affengesicht, fick dich…«

Lichter mit der Aura einer vergifteten Wunderkerze leuchteten auf einmal an Mickeys Beinen auf und begannen, unaufhaltsam nach vorne zu wandern. Schließlich nahmen sie von seinem ganzen Körper Besitz und mit den Worten »…macht ja sonst keiner, weil du so hässlich bist, wie deine Alte…«, verschwand Mickey Knapp aus unserer Welt.

Theresa! Ich riss mich von Roberts Griff los und schaute nach oben. Theresa stand immer noch auf der Wartungsplattform über uns. Die Hand an dem jetzt verbogenen Metallgitter.

Alle Kraft, aller Halt verließ Theresa. Sie fiel seitlich über die Abgrenzung und schlug zwei Meter neben uns auf dem Gitter der unteren Wartungsplattform auf.

Ich rannte zu ihr und kniete mich neben sie. Ich nahm ihre Hand. Ich konnte sie nicht noch einmal verlieren.

»Bleibst du bitte wieder bei mir«, sagte Theresa, während ihr Körper von einem diamantfarbenen Licht eingehüllt wurde.

Ich umarmte Theresa. Ich schloss die Augen und küsste sie. In diesem Moment wusste ich, dass ich niemals wieder einem Menschen so nahe sein könnte, wie Theresa. Sie würde meine erste und einzige Freundin bleiben. Noch nie hatte ich so viel Liebe gespürt, wie in diesem Moment.

Das helle Licht durchdrang meine Augenlider. Dann wurde es dunkel. Es war vorbei.

SPIRIT

••••

Ich öffnete die Augen. Theresa lag in meinen Armen. Das Licht, das eben noch ihren Körper umhüllt hatte, war erloschen. So wie ihr Leben.

Während ich Roberts und Isabellas Hände tröstend auf meinen Schultern spürte und sah, wie Schreiber mit leerem Blick in die Nacht starrte, verlor ich das Gefühl für Raum und Zeit. Plötzlich… Theresa öffnete ihre Augen. Sie schnappte nach Luft. Sie hustete. Dann begann sie, regelmäßig zu atmen.

Schreiber kniete sich neben Theresa und leuchtete ihr mit dem gedimmten Licht ihrer Taschenlampe von der Seite aus vorsichtig ins Gesicht.

Theresas Haut sah vollkommen normal aus. So lebendig. Sie hatte ein paar Kratzer im Gesicht, aber die Blutspuren waren rot, nicht schwarz, und … und Theresa roch wirklich ziemlich gut.

»Wie geht es dir, Kleine?«, wollte Schreiber wissen.

»Ich … ich weiß nicht. Ich habe etwas Schmerzen … überall … und die gehen nicht weg, aber das ist gut, oder?«

»Es könnte gar nicht besser sein«, antwortete Schreiber, während ich sie das erste Mal lächeln sah.

Dann halfen wir Theresa beim Aufstehen. Ich nahm ihre Hand und strich mit meinem Daumen vorsichtig über ihre Haut. Ich spürte einen Puls. Auch das war gut.

Jetzt war es an der Zeit, die große Wartungsplattform des Mobilfunk-Sendemasts zu verlassen. Also liefen wir zu der Leiter, über die wir wieder herunter auf die Wiese steigen könnten. Wir bewegten uns vorsichtig. Es hatte zwar aufgehört zu regnen, aber der Metallboden war trotzdem immer noch ziemlich glitschig.

Nachdem sich Schreiber mit einem fachmännischen Blick davon überzeugt hatte, dass nichts mehr auf der Plattform lag, mit dem man uns hätte identifizieren können, begannen wir, die Leiter herunterzusteigen.

»Die letzten paar Meter müssen wir springen«, sagte Schreiber. Richtig. Das hatte ich vollkommen vergessen. Um den Zombies den Weg abzuschneiden, hatte Schreiber ja vorhin den unteren Teil der Leiter wegschießen müssen.

»Packst du das?«, fragte ich Theresa. Sie schüttelte den Kopf.

»Keine Panik. Teamspirit ist cool«, sagte Isabella und sah Theresa aufmunternd an. Dann kletterte sie bis zum Ende der beschädigten Leiter, rutschte noch ein Stück kontrolliert nach unten und hielt sich schließlich mit spielerischer Leichtigkeit und mit nur einer Hand an der letzten Sprosse fest.

Während ihre Füße knapp zwei Meter über dem Erdboden schwebten, schaute Isabella noch einmal prüfend nach unten. Dann ließ sie sich fallen und landete elegant und mit einem den Sturz abfedernden Armschwung auf der Wiese.

»Habe ich euch schon gesagt, dass meine Freundin eine Cheerleaderin ist?«, fragte Robert stolz.

Als Nächstes lief Isabella zu ihrem roten Pick-up, öffnete hinten eine Luke und holte zwei Schlafsäcke heraus, die sie sauber übereinander auf die Ladefläche des Wagens packte. Dann stieg Isabella vorne ein, startete den Motor und manövrierte ihr Kunstwerk unter die Leiter.

»Ich hätte nie gedacht, dass wir die so einweihen würden«, lachte Robert, kletterte an uns vorbei und sprang auf die Ladefläche des Pick-ups.

Danach halfen Schreiber und ich Theresa. Gestützt von uns blieb sie erst einmal auf der letzten Sprosse der Leiter stehen und blickte nach unten. Isabella prüfte die Position der beiden Schlafsäcke und gab ein Kommando. Theresa ließ sich fallen. Isabella und Robert fingen sie sanft auf.

Schließlich verließen auch Schreiber und ich den Sendemast. Ich schaute auf meine Uhr. Es war 00:01 Uhr. Halloween 2020 war vorbei.

ZUKUNFT

••••

Zwei Minuten später standen wir alle vor Schreibers Polizeiwagen. Mit einem unschuldigen Lächeln zog Isabella die Schlüssel ihres Pick-ups aus ihrer Rocktasche. Schreiber grinste. »Sag mir Bescheid, wenn dich ein Trottel von Prüfer bei der Führerscheinprüfung durchfallen lässt. Das werde ich dann regeln.«

»Danke«, sagte Isabella und schaute zu Theresa. »Wo möchtest du hin?«

»Nach Hause«, antwortete Theresa.

Isabella nickte. Dann stiegen wir alle in den Pick-up und fuhren Theresa zu ihrem Elternhaus.

Nachdem wir dort angekommen waren, war ich mir zuerst nicht sicher, was ich tun sollte. Aber als Theresa aus dem Wagen stieg, nahm sie meine Hand. »Ich möchte dich gerne meinen Eltern vorstellen«, sagte Theresa und ich folgte ihr.

Theresa drehte sich noch einmal um. »Vielen Dank für alles«, sagte sie zu Robert, Isabella und Schreiber.

»Das wird schon, Kleine«, sagte Schreiber zu Theresa.

»Klar, und was das letzte Jahr angeht, da denken wir uns was aus«, ergänzte Isabella und schaute Schreiber frech fordernd an. »Sie haben auf ihrem Revier doch garantiert einen klasse Computer, mit dem man ungestört ins Einwohnermeldeamt und vielleicht auch noch in das eine oder andere benachbarte Datenbanksystem kommt? Zu den digitalen Patientenakten des Krankenhauses, zum Beispiel.«

»Fahren wir!«, antwortete Schreiber.

••••

Wir schauten Isabellas rotem Pick-up und Schreibers Polizeiwagen noch für einen Moment nach und gingen dann zum Eingang von Theresas Elternhaus. Theresa klingelte, aber wir hörten keinen Laut. Nichts. Die Stromversorgung war noch nicht wieder hergestellt.

Schließlich klopfte Theresa an die Haustüre und einen Moment später sah ich durch deren milchiges Glas ein kleines Licht auf uns zukommen. Ich hatte keine Ahnung, was als Nächstes geschehen würde.

Theresas Mutter öffnete die Tür. Sie hielt das hell leuchtende Display ihres Smartphones in der Hand und sah uns an. Sie versteinerte. Sie brachte kein Wort heraus.

»Mama, ich hatte ein ziemlich blödes Jahr. Darf ich reinkommen?«, fragte Theresa.

Theresas Mutter nickte und ging zur Seite. Theresa führte mich ins Wohnzimmer. Zwei kleine runde Webcamleuchten sorgten für etwas Licht. Theresas Vater und ihr großer Bruder saßen auf einer Couch vor dem dunklen Fernseher. Als er uns sah, ließ Theresas Bruder sein Glas Bitter Lemon fallen, das er sich gerade eingegossen hatte.

»Ich möchte euch gerne meinen Freund vorstellen. Das hier ist Tim«, sagte Theresa.

•••

Das Tempo, mit dem sich Theresas Eltern und ihr Bruder einredeten, dass Theresa bei dem Unfall nicht ums Leben gekommen war, sondern ein ganzes Jahr lang im Krankenhaus gelegen hatte, war erstaunlich. Nach nicht einmal fünf Minuten unterhielten wir uns vollkommen normal und man stellte mir genau die Art von Fragen, die man dem ersten festen Freund der Tochter (und der kleinen Schwester) eben so stellt.

Ein Zucken schoss durch den Raum. Alle Lichter im Haus gingen auf einen Schlag an. Wir hatten wieder Strom.

Auch der Fernseher vor uns erwachte zum Leben. Es liefen Nachrichten. Die zeigten zwei mit Smartphones aufgenommene Amateurvideos.

Auf dem ersten Video sah man, wie hoch am Himmel der Meteorit 2018 VP1 mit hellem Schweif und in sicherer Entfernung an einer Passagiermaschine vorbeiflog. *Airbus NTTD 1211* wurde unter dem Video in Laufschrift eingeblendet.

Das zweite Video war anscheinend vom Deck eines Halloween-Partyschiffs aus aufgenommen worden und es zeigte, wie der Meteorit 2018 VP1 ein paar hundert Meter neben dem Schiff in einem flachen Winkel friedlich in die ruhige Nordsee stürzte.

So wie einer dieser Steine, die man mit einer speziellen Technik liebevoll in einen See wirft, sprang auch 2018 VP1 dreimal auf der Meeresoberfläche auf und ab. Mit jeder Berührung wurde sein kristallklares Leuchten schwächer. Dann verschwand er für immer im Meer. Ob er wusste, wie sehr er uns die Nacht über auf Trab gehalten hatte?

●●●●

Am darauffolgenden Tag berichteten die Medien darüber, dass eine Menge Leute die leuchtenden Worte 'Hoffnung' und 'Hope' in dem Schweif des Meteoriten gesehen hätten. In allen möglichen Sprachen und auf alle möglichen Arten und Weisen. Irgendwie gab mir das die Zuversicht, dass die Menschheit vielleicht doch noch eine Chance hatte, wieder eine Spur vernünftiger zu werden.

Über die Ereignisse in unserer Stadt wurde nur in der Lokalzeitung berichtet. Es hätte einen Stromausfall gegeben und ein paar Verkleidete seien dieses Jahr ganz besonders aufdringlich gewesen.

Auch gab es einen separaten Bericht über unseren Friedhof. Dort hätte ein besoffener Haufen von Idioten ein paar Dutzend Gräber ausgehoben. Die Leser wurden aber gleich wieder beruhigt, denn eine sofort beauftragte und diskret durchgeführte Ultraschalluntersuchung hätte gezeigt, dass die Toten immer noch (oder wohl eher wieder, wie zumindest wir es wussten) friedlich in ihren Gräbern lägen. Mit einer Ausnahme. Die Leiche von Mickey Knapp, dem stadtbekannten Bully in Chief, der vor 30 Jahren unter nicht gerade rühmlichen Umständen ums Leben gekommen war, war verschwunden. Von ihm fehlte jede Spur.

• • • •

Dies ist dann auch das Ende meiner Geschichte. Mithilfe von Isabellas Hackerkünsten und dem Zugriff auf die Datenbank des Einwohnermeldeamts, den Schreiber Isabella gewährt hatte, bekam Theresa ihr Leben zurück. Dass sie ihren Unfall überlebt und ein Jahr im Krankenhaus verbracht hatte, wurde ruckzuck von wirklich jedem geschluckt. Und warum sollte man etwas so Wunderbares auch anzweifeln? Gerade in einer Welt, in der nach einer schiefgegangenen Apokalypse meine Freundin mal ein Zombie war.

Mission: Abgeschlossen

Zombies gegen Meteoriten ist wahrscheinlich die verrückteste Geschichte, die ich bisher geschrieben habe, und ich hoffe, dass es euch Spaß gemacht hat, sie zu lesen. Und mal sehen. Vielleicht werden wir in der Zukunft wieder einmal etwas von Tim, Theresa, Robert und Isabella hören. Immerhin gehören die vier ja jetzt auch zu dem stetig wachsenden Cheerverse.

Wie immer freue ich mich auf eure Kommentare, die ihr mir gerne an meine E-Mail Adresse mycheermail@gmail.com schicken könnt.

Bis zum nächsten Mal und viele Grüße

Edgar Achenbach

PS: Da ihr in dem 'über mich' - Teil lesen könnt, dass ich ein Ingenieurstudium abgeschlossen habe, möchte ich hier noch kurz erwähnen, dass ich weiß, dass die Dinge, die ich in den letzten drei Kapiteln beschrieben habe, vielleicht nicht ganz so technisch akkurat sind. Es hat aber alles prima in die Handlung gepasst. Versucht also bitte nicht, Mickey nachzueifern (oder die Sache mit *Rosebud* auszuprobieren), wenn ihr wieder mal einen Mobilfunkmast seht.

Weitere Bücher von Edgar Achenbach

Bereits erhältlich

Cheerleader Valley

erschienen bei: BoD – Books on Demand, Norderstedt
ISBN 978-3-8482-2259-9

Blutwellen: Tödliche Verbindung

erschienen bei: BoD – Books on Demand, Norderstedt
ISBN 978-3-7322-8951-6

Tod im Kontinuum

erschienen bei: BoD – Books on Demand, Norderstedt
ISBN 978-3-7386-5292-5

Blutwellen: Verlorene Freundschaft

erschienen bei: BoD – Books on Demand, Norderstedt
ISBN 978-3-7448-9992-5

Allgemein anerkannte Wahrheiten über Pom-Poms: Cheerleading mit Stolz und Vorurteil

erschienen bei: BoD – Books on Demand, Norderstedt
ISBN 978-3-7494-8061-6

Nachdem sich Edgar Achenbach nach einem Ingenieurstudium zwei Jahrzehnte lang mit der Planung und dem Einkauf von Satellitendiensten beschäftigt hatte, schloss er ein berufsbegleitendes Studium in Literaturwissenschaften, Filmgeschichte und Kreativem Schreiben ab. Seitdem ist er zusätzlich in den Bereichen des (Creative) Storytellings und des Kommunikationstrainings unterwegs, schreibt Urban-Fantasy-Romane und hat in der Zeit sehr viel über Cheerleading, Zeitschleifen und Vampire gelernt.